Arthur SCHNITZLER

LEUTNANT GUSTL

LE LIEUTENANT GUSTEL

Présentation, traduction et notes par
Claire Rozier
Agrégée d'allemand
Maître de conférences à l'Université de Paris X

PRESSES POCKET

Les langues pour tous

Collection dirigée par Jean-Pierre Berman,
Michel Marcheteau et Michel Savio

ALLEMAND

☐ Pour débuter ou tout revoir :

- **40 leçons**

☐ Pour mieux s'exprimer et mieux comprendre :

- **Communiquer**

☐ Pour se perfectionner et connaître l'environnement :

- **Pratiquer l'allemand**

☐ Pour évaluer et améliorer votre niveau :

- **Score** (200 tests d'allemand)

☐ Pour aborder la langue spécialisée :

- **L'allemand économique & commercial** (20 dossiers)
- **Dictionnaire économique, commercial et financier**
- **La correspondance commerciale**

☐ Pour s'aider d'ouvrages de référence :

- **Dictionnaire de l'allemand d'aujourd'hui**
- **La grammaire allemande pour tous**

☐ Pour prendre contact avec des œuvres en version originale :

- **Série bilingue :**

  Nouvelles allemandes d'aujourd'hui
  La République fédérale d'Allemagne à travers sa presse
  Humour et Satire
  Nouvelles allemandes contemporaines
  Hermann Hesse (Nouvelles)
  B. Brecht (Nouvelles)
  H. von Kleist (Le Duel)
  Th. Mann (La Loi)

Autres langues disponibles dans les séries
de la collection **Les langues pour tous**

Anglais/Américain - Arabe - Espagnol - Français
Grec - Hébreu - Italien - Latin - Néerlandais - Portugais - Russe

SOMMAIRE

* Le titre de cette nouvelle, connue sous le nom de *Le Lieutenant Gustel*, signifie très exactement *Sous-Lieutenant Gustel*.

ISBN : 2-266-03730-7

Comment utiliser la série « Bilingue » ?

Les ouvrages de la série « Bilingue » permettent aux lecteurs :

- d'avoir accès aux versions originales de textes célèbres, et d'en apprécier, dans les détails, la forme et le fond, en l'occurrence, ici, une nouvelle allemande d'Arthur Schnitzler ;
- d'améliorer leur connaissance de l'allemand, en particulier dans le domaine du vocabulaire dont l'acquisition est facilitée par l'intérêt même du récit, et le fait que mots et expressions apparaissent en situation dans un contexte, ce qui aide à bien cerner leur sens.

Cette série constitue donc une véritable méthode d'auto-enseignement, dont le contenu est le suivant :

- page de gauche, le texte en allemand ;
- page de droite, la traduction française ;
- bas des pages de gauche et de droite, une série de notes explicatives (vocabulaire, grammaire, rappels historiques, etc.).

Les notes de bas de page et la liste récapitulative à la fin de l'ouvrage aident le lecteur à distinguer les mots et expressions idiomatiques d'un usage courant et qu'il lui faut mémoriser, de ce qui peut être trop exclusivement lié aux événements et à l'art de l'auteur.

Après chaque œuvre, ou après chaque série d'extraits, une page de révisions offre au lecteur une série de phrases types, inspirées du texte, et accompagnées de leur traduction. Il faut s'efforcer de les mémoriser.

Il est conseillé au lecteur de lire d'abord l'allemand, de se reporter aux notes et de ne passer qu'ensuite à la traduction ; sauf, bien entendu, s'il éprouve de trop grandes difficultés à suivre le texte dans ses détails, auquel cas il lui faut se concentrer davantage sur la traduction, pour revenir finalement au texte allemand, en s'assurant bien qu'il en a maintenant maîtrisé le sens.

Signes et principales abréviations

≈	équivaut à	*jdm*	jemandem
A.	accusatif	*jdn*	jemanden
adj.	adjectif	*jds*	jemandes
adv.	adverbe	*lat.*	latin
alld	allemand	*litt.*	littéralement
autr.	autrichien	*masc.*	masculin
bav.	bavarois	*milit.*	militaire
c.-à-d.	c'est-à-dire	*n.*	note
cf.	confer, voir	*p.*	page
conj.	conjonction	*part.*	participe
D.	datif	*péj.*	péjoratif
dim.	diminutif	*pers.*	personne(l)
etw.	etwas	*pl.*	pluriel
expr.	expression	*pop.*	populaire
ex.	exemple	*prép.*	préposition
fam.	familier	*qqch.*	quelque chose
fém.	féminin	*qqn*	quelqu'un
fig.	figuré	*sg.*	singulier
fr.	français	*subst.*	substantif
G.	génitif	*syn.*	synonyme
idiom.	idiomatique	*tr.*	transitif
impers.	impersonnel	*vb.*	verbe
intr.	intransitif	*vienn.*	viennois
iron.	ironique	*vx*	vieilli, tombé en désuétude
jd	jemand		

Agrégée de l'Université, Docteur ès Lettres (3e cycle), Claire Rozier est Maître de conférences à l'Université de Paris X-Nanterre où elle enseigne la langue et la littérature médiévale allemandes. Auteur d'articles dans sa spécialité, la médiévistique, elle a publié aux éditions Fernand Nathan deux ouvrages en collaboration avec Christiane Guillard, *100 Tests d'Allemand*, 1re série (1982), et *200 Tests d'Allemand*, 2e série (1986). Elle est l'auteur également de deux autres ouvrages, *Conjuguez l'Allemand !* et *Accentuez l'Allemand !*, à paraître fin 1990, aux Editions Européennes Erasme, dans la Collection F.I.E.D., (Documents Pédagogiques de Télédix), ainsi que des textes d'un Livre d'Artiste, *Sables et Cris*, publié en cinquante exemplaires numérotés sur papier d'arche par Jean-Jacques Cavalier, auteur des lavis, introduction de Roland Barthes (1986). Dans le cadre de Télédix, qui est le Service de Télé-enseignement de l'Université de Paris X-Nanterre, elle est chargée de Mission Télématique auprès de la F.I.E.D. (Fédération Interuniversitaire des Enseignements à Distance), association qui représente la France au sein de l'E.A.D.T.U. (European Association of Distance Teaching Universities).

Attention !

Le signe ≈ qui signifie *équivaut à*, suivi de *alld*, donne l'équivalent en allemand (ou en allemand du Nord) d'un mot ou d'une expression typiquement autrichiens. L'Allemagne, l'Autriche et la Suisse, par exemple, sont des pays dits *de langue allemande* ; le terme *allemand* qui est, dans cet ouvrage, distingué de celui d'*autrichien*, est relatif à *la langue parlée en Allemagne* qui est comparée à l'*autrichien*, c'est-à-dire, à la langue allemande parlée en Autriche, laquelle comporte des mots, tournures et expressions typiques de l'Autriche. Le *viennois* est l'autrichien parlé à Vienne, qui comporte, quant à lui, des mots, tournures et expressions typiques de Vienne et de sa région. Le *bavarois* est l'allemand parlé en Bavière, plus proche de l'autrichien que l'allemand du Nord. L'allemand dit « du Sud » est parlé dans le Sud de l'Allemagne.

Le signe ˈ note l'accentuation du verbe lorsqu'il comporte un préverbe séparable ou inséparable. Deux cas se présentent :

— lorsque c'est le ***préverbe*** qui est ***accentué***, c'est le préverbe que nous faisons précéder d'un accent, comme suit :

ˈaufmachen : *ouvrir*

ou encore (si le préverbe comporte plusieurs syllabes), par ex. comme suit :

zuˈsammenstürzen : *s'effondrer* ;

— lorsque c'est le ***radical verbal*** qui est ***accentué***, nous faisons précéder ce radical d'un accent, comme suit :

verˈmachen : *léguer*.

Nous donnons les temps primitifs des ***verbes forts*** ainsi que l'inflexion de la 2e (ou 3e) personne du singulier, s'il y a lieu.

Les prépositions **durch**, **für**, **gegen**, **ohne**, **um**, **wider** étant toujours suivies de l'***accusatif***, nous ne préciserons pas le cas qu'elles régissent.

Même chose pour **aus**, **bei**, **mit**, **nach**, **seit**, **von**, **zu** qui sont toujours suivies du ***datif***.

Le texte allemand fourmille de ***contractions***, mais aussi d'***élisions*** de divers types. Ces dernières sont notées, dans le texte original, par une ***apostrophe***. Le recours à l'élision, comme le recours à la contraction, de la part du narrateur, souligne le fait qu'il s'exprime dans un langage courant, familier, mais c'est aussi, pour lui, une façon de restituer le parler typiquement viennois.

L'apostrophe marque généralement l'élision du « e », en finale, mais aussi à l'initiale et même à l'intérieur du mot. Mais elle peut également marquer l'élision d'autres lettres que le « e ». Par ailleurs, l'élision excède fréquemment une lettre dans le même mot. En conséquence :

— chaque fois qu'un type d'élision apparaîtra dans le texte, nous signalerons sa première occurrence dans les notes ;

— nous signalerons aussi le cas où un mot comporte plusieurs élisions, surtout si cela rend la lecture du mot malaisée et la compréhension peu claire.

Enfin, nous ne signalerons les contractions (très nombreuses) que si elles requièrent un commentaire.

PRÉSENTATION

Arthur Schnitzler

Arthur Schnitzler (1862-1931), écrivain et auteur dramatique autrichien, nous livre dans son œuvre la peinture de la Vienne fin de siècle, société sur son déclin, où se côtoient l'aristocratie, la bourgeoisie et le monde des arts et du spectacle. Membre du cercle **Jung Wien**, il représente l'impressionnisme littéraire viennois.

Venu tôt à la littérature, le médecin qu'il est analyse le caractère de ses héros en pratiquant un type d'introspection à la fois complaisante et systématique : psychologue, voire psychanalyste avant la lettre, il a senti la montée de l'antisémitisme politique. Israélite, il s'est fait l'écho des tensions entre les Juifs et la société autrichienne de l'époque. Ses pièces, parmi les plus jouées dans les pays de langue allemande avant la Première Guerre mondiale, ainsi que ses romans ont attiré l'attention d'hommes tels que Freud et Hitler : le premier les a admirés, le second les a interdits. Schnitzler et Freud, toutefois, ne se rencontrent qu'à l'automne de leur vie. En 1922, Freud écrit à celui qu'il appelle « son frère jumeau psychique » : « Je vous ai évité par une sorte de crainte de rencontrer mon double (...). Votre sensibilité aux vérités de l'inconscient, de la nature pulsionnelle de l'homme, tout cela éveillait en moi un étrange sentiment de familiarité. » Mais là où Freud décrit et analyse des cas cliniques, Schnitzler recourt au jeu brillant entre le rêve et l'éveil, la vérité et le mensonge, la vie et la mort, dont les frontières ne sont parfois guère faciles à tracer. Charme et cynisme s'allient dans son écriture pour rendre, à travers les personnages les plus variés, des débats intérieurs, mais aussi des faits de société. L'auteur nous les présente avec un talent d'observation dont la justesse incisive ne laisse pas de nous étonner et de nous toucher.

BIOGRAPHIE CHRONOLOGIQUE

1862	Naissance de Schnitzler à Vienne, dans la rue du Prater. Ses parents, tous deux d'origines juive, appartiennent au milieu médical. Son père, Johann, est laryngologue et professeur à l'université.
1871-1879	Études au lycée **Akademisches Gymnasium.**
1879-1885	Études de médecin.
1880	Premières publications.
1882-1883	Service militaire à Vienne.
1885-1888	Stages (psychiatrie, dermatologie), il s'intéresse à l'hypnose.
1886	Rencontre avec Olga Waissnix.
1887	Rédacteur de la revue *Internationale Klinische Rundschau*, fondée par son père.
1888-1892	Cycle *Anatole* (pièces en un acte).
1889	Liaison avec la comédienne Mizzi (Marie Glümer).
1890-1891	Rencontre avec Salten, Beer-Hofmann, Bahr et Hofmannsthal ; **Jung Wien**, la Jeune Vienne.
1892	Premiers contacts avec Karl Kraus.
1893	Mort de son père. *Une légende*, pièce donnée au Volkstheater, fait que le premier scandale éclate autour de Schnitzler. L'actrice principale, Adèle Sandrock, devient la maîtresse de l'auteur. Elle inspirera le personnage de l'actrice de *La Ronde*.
1894-1899	Rencontre avec Marie Reinhard, un professeur de chant ; leurs relations dureront jusqu'à la mort de la jeune fille, en 1899.
1895	Début d'une longue amitié avec Otto Brahm, directeur du **Deutsches Theater** de Berlin, futur metteur en scène, en Allemagne, de la plupart de ses pièces.
1896	Création de *Liebelei* (*Amourette*) au **Deutsches Theater** ; rencontre en Scandinavie avec Ibsen.
1897	Mort d'Olga Waissnix.
1898	Voyage à bicyclette en Autriche, Suisse et Italie avec Hugo von Hofmannsthal.
1900	Parution de *Leutnant Gustl* dans le *Neue Freie Presse* ; *Der Reigen* (*La Ronde*) est éditée en deux cents exemplaires à compte d'auteur.

1901	*Leutnant Gustl* fait scandale. Schnitzler est traduit devant un tribunal militaire et déchu de son rang d'officier ; parution de *Leutnant Gustl*.
1902	Naissance de son fils Heinrich.
1903	Il épouse Olga Gussman, la mère de son fils. *La Ronde* est éditée à Vienne en 40 000 exemplaires (plus de 100 000 jusqu'en 1931).
1904	Schnitzler est connu non seulement en Autriche, mais dans toute l'Allemagne.
1904-1909	Nombreuses publications de l'auteur.
1909	Au **Deutsches Volkstheater** est organisée « l'année Schnitzler ». Nombreuses représentations de ses pièces à cette occasion. Naissance de sa fille Lili.
1911	Mort de sa mère ; l'œuvre *Das weite Land* (*Terre étrangère*) est représentée pour la première fois au **Burgtheater** de Vienne.
1912	A l'occasion du cinquantième anniversaire de Schnitzler, ses pièces sont jouées dans vingt-six théâtres de langue allemande.
1914	Première à Copenhague de *Liebelei* (un film, le premier tiré de l'œuvre de Schnitzler).
1918	Première de *La Ronde* en Allemagne, à Berlin.
1921	Première de *La Ronde* à Vienne au **Deutsches Volkstheater**. Les représentations de la pièce sont interdites un mois et demi plus tard. A Berlin, elles sont chahutées. Divorce.
1922	Les représentations sont de nouveau autorisées. Freud écrit à Schnitzler à l'occasion de son soixantième anniversaire. Rencontre des deux hommes.
1922-1931	Nombreuses publications dont la *Traumnovelle* (*Rien qu'un rêve*), *Fräulein Else* (*Mademoiselle Else*) et *Thérèse* ; quatre films sont tirés de son œuvre.
1926	Remise à Schnitzler de l'**Anneau du Burgtheater**, distinction créée par l'union des journalistes et des écrivains, Concordia. La *Traumnovelle* est éditée chez S. Fischer, à Berlin.
1927	Mariage de sa fille avec un Italien. A Berlin, première du film *Liebelei*. Edition de *Spiel im Morgengrauen* (*Les Dernières Cartes*).
1928	Suicide de sa fille à Venise.
1931	Le 21 octobre, mort d'Arthur Schnitzler à Vienne (hémorrhagie cérébrale). Il est inhumé à Vienne au Cimetière Central **(Wiener Zentralfriedhof)**.

PRÉSENTATION
de la nouvelle
LEUTNANT GUSTL

Alors que la rédaction des œuvres de Schnitzler s'est généralement étalée sur plusieurs semaines, plusieurs mois, voire plusieurs décennies, celle de **Leutnant Gustl** fait exception à la règle : elle fut en effet rédigée en cinq jours, du 13 au 17 juillet 1900.

Cette nouvelle, qualifiée en allemand de **Monolog-novelle**, consiste dans un long monologue intérieur, où le narrateur, un jeune lieutenant, est le personnage principal. Injurié par un boulanger, il se trouve dans l'incapacité de l'abattre, et, l'offenseur ayant disparu avant qu'il ait pu réagir, Gustel porte le poids de l'offense qu'il doit laver dans le sang. Ne pouvant envoyer ses témoins à un boulanger, le lieutenant n'a plus qu'une issue : le suicide.

La nouvelle contient le récit des pensées macabres de Gustel pendant la nuit qui précède le suicide. Le lecteur assiste au défilé de ceux que Gustel a rencontrés au cours de sa vie : amis, camarades de régiment, femmes, parents... Ce sont les rues de Vienne et le Prater qui sont le théâtre de l'action. La marche nocturne de Gustel dans ces lieux rythme son angoisse et transporte le lecteur dans ses méandres.

Le récit du jeune lieutenant est émaillé de remarques douces-amères, d'états d'âme dont la charge émotive est tout entière contenue dans la limite temporelle de l'aube, qui doit se lever, nécessairement, sur sa mort. Mais le destin semble se jouer de Gustel en le sauvant : en effet, une attaque d'apoplexie emporte le boulanger pendant la nuit, gommant ainsi l'offense et rendant sa réparation inutile. La mort de l'offenseur, qui n'a pas eu le temps de divulger dans le monde la nouvelle, enterre ce qui restera un secret. Gustel est libre. Cette liberté retrouvée lui redonne brutalement le goût des choses et des êtres. En se substituant par un coup de théâtre au néant, elle confère à la vie un attrait puissant. Mais elle fait apparaître en même temps son caractère dérisoire, que Gustel a eu le temps de disséquer avec une acuité dérangeante et de se révéler à lui-même au cours de cette nuit tourmentée.

La Ringstraße à l'époque

LA VIENNE CULTURELLE DE L'ÉPOQUE

C'est la **Ringstraße** (cf. page 12) que le sous-lieutenant Gustel emprunte dans sa marche nocturne qui le conduit, de la salle de concert au **Prater** jusqu'au café où il apprendra quel sort le destin lui réserve.

Cette rue est représentative de ce que l'on appelle le **Ringstraßenstil**, style de la **Ringstraße**, qui s'exprime dans l'architecture des grands bâtiments édifiés dans cette rue à l'époque. Ces constructions sont supposées restituer les aspirations de la bourgeoisie libérale du siècle finissant : une société dépourvue d'originalité en matière architecturale, mais éprise de grandeur, de magnificence ; apte aussi à faire passer, au travers d'une vituosité technique remarquable, son désir de paraître.

C'est dans les cafés, plus intimes, que les Viennois expriment, d'une certaine façon, leur désir d'être. Les gens s'y retrouvent en effet pour y boire, entre autres, le fameux **Melange** (que commande Gustel à la fin de la nouvelle), écouter de la musique, lire des journaux, bavarder, jouer aux cartes, au billard et aux échecs. Véritables lieux de rencontre culturels, ces cafés, surtout les **Literatencafés**, les cafés littéraires, sont le cœur social de la Vienne fin de siècle.

C'est au café **Griensteidl** (cf. l'illustration de la couverture), démoli en 1897, que se réunit, à la fin du XIXe siècle, le cercle **Jung Wien**, (la) *Jeune Vienne*, dont Arthur Schnitzler et Hugo von Hofmannsthal sont les plus célèbres représentants. Les membres de ce mouvement se font les apologues de l'impressionnisme, du symbolisme et combattent le naturalisme. Ils veulent faire exister une littérature spécifiquement autrichienne, fidèle reflet de l'air du temps, où une critique acerbe et sarcastique de la société qui s'effrite côtoie, comme le fait remarquer Karl Kraus, un maniérisme fin de siècle et un goût pour « les poses, la mégalomanie (et) les petites filles des faubourgs »...

Wie lange wird denn das noch dauern ? Ich muß auf die Uhr schauen... schickt sich [1] wahrscheinlich nicht in einem so ernsten Konzert. Aber wer sieht's [2] denn ? Wenn's einer sieht, so paßt [3] er gerade so wenig auf, wie ich, und vor dem brauch' ich mich nicht zu genieren... Erst viertel auf zehn [4] ?... Mir kommt vor, ich sitz' schon drei Stunden in dem Konzert. Ich bin's halt [5] nicht gewohnt... Was ist es denn eigentlich ? Ich muß das Programm anschauen... Ja, richtig : Oratorium ? Ich hab' gemeint : Messe. Solche Sachen gehören [6] doch nur in die Kirche. Die Kirche hat auch das Gute [7], daß man jeden Augenblick fortgehen kann. — Wenn ich wenigstens einen Ecksitz hätt' ! — Also Geduld, Geduld ! Auch Oratorien nehmen ein End' ! Vielleicht ist es sehr schön, und ich bin nur nicht in der Laune [8]. Woher sollt' mir auch die Laune kommen ? Wenn ich denke, daß ich hergekommen bin, um mich zu zerstreuen... Hätt' ich die Karte [9] lieber dem Benedek geschenkt, dem machen solche Sachen Spaß [10] ; er spielt ja selber Violine. Aber da wär' der Kopetzky beleidigt gewesen. Es war ja sehr lieb von ihm, wenigstens gut gemeint. Ein braver Kerl, der Kopetzky ! Der einzige, auf den man sich verlassen [11] kann... Seine Schwester singt ja mit unter denen da oben. Mindestens hundert Jungfrauen, alle schwarz gekleidet ; wie soll ich sie da herausfinden [12] ? Weil sie mitsingt, hat er auch das Billett [13] gehabt, der Kopetzky...

---

1. **Sich schicken :** vb. impers., *convenir, être convenable* ; **das schickt sich nicht :** *cela ne se fait pas, n'est pas de bon ton.* Le mot **schick**, qui a donné le fr. *chic*, signifie *élégant, ravissant.*
2. **Sieht's**, pour **sieht es** (première occurrence de l'élision du **e** à l'initiale).
3. **'Aufpassen auf** + A. **:** *faire attention à.*
4. **Viertel auf zehn :** autr., ≈ alld **viertel vor zehn**.
5. **Halt :** *ma foi, eh bien* ; **halt !** signifie aussi *stop !, halte !, arrête(z) !*
6. **Ge'hören** : ici, **gehören in** + A. **:** *convenir à, être fait pour.* **Wo gehört das hin ? :** *où faut-il ranger cela ?.* **Das gehört in den Schrank :** *cela se range dans l'armoire.* **Das gehört nicht hierher :** *cela n'a rien à faire, à voir ici.* Ne pas confondre avec **gehören** + D. **:** *appartenir à*, ni avec **gehören zu :** *faire partie de* ; cf. **Das gehört nicht zur Sache :** *c'est en dehors de la question, du sujet.*

Combien de temps cela va-t-il encore durer ? Il faut que je regarde l'heure... Ça ne se fait sans doute pas dans un concert aussi sérieux. Mais qui va s'en apercevoir ? Et si quelqu'un s'en aperçoit, c'est qu'il fait aussi peu attention que moi, alors..., avec lui, je n'ai pas à me gêner... Il n'est que dix heures moins le quart ? J'ai l'impression que ça fait déjà trois heures que j'assiste à ce concert. C'est sûr que j'ai pas l'habitude... Mais qu'allons-nous donc entendre ? Il faut que je regarde le programme... Ah, oui, c'est exact : un oratorio ? Je croyais que c'était une messe. Mais ces choses-là, on ne les entend que dans les églises. L'avantage, à l'église, c'est qu'on peut s'en aller quand on veut. Si seulement j'avais une place en bout de rang ! Allons ! Patience, patience ! Même les oratorios ont une fin ! Peut-être que c'est très beau, mais que je ne suis pas d'humeur, c'est tout ! D'ailleurs je ne vois pas d'où pourrait me venir cette bonne humeur. Quand je pense que je suis venu ici pour me distraire... J'aurais mieux fait d'offrir la place à Benedek, ce genre de choses l'amusent, lui ; et puis il joue du violon. Oui, mais Kopetzky aurait été blessé. C'était très gentil de sa part, en tout cas, ça partait d'un bon sentiment. Un brave type, ce Kopetzky ! Le seul sur lequel on puisse compter... En plus sa sœur chante dans le chœur là-haut. Au moins cent jeunes filles, toutes vêtues de noir ; comment faire pour la retrouver là-dedans ? C'est parce qu'elle chante dans le chœur qu'il a eu le billet, Kopetzky...

---

7. **Das Gute**, adj. substantivé, qui se décline comme un adj., mais comporte une majuscule comme un subst. : *le bien, ce qui est bien* ; ici, fam., **das Gute haben** suivi de **daß :** *avoir ceci de bien que.*
8. **In der Laune (sein) :** *être d'humeur* ; **guter, schlechter Laune sein :** *être de bonne, de mauvaise humeur* ; de **die Laune (-n) :** *l'humeur*, que l'on retrouve dans l'expr. fr. *être bien luné.*
9. **Die Karte**, pour **die Eintrittskarte (-n) :** *le billet (d'entrée).*
10. **Jdm. Spaß machen :** *amuser qqn* ; **das war nur Spaß ! :** *c'était une (simple) plaisanterie !, c'était pour rire !* ; **Spaß beiseite ! :** *plaisanterie mise à part !* ; **der Spaß (¨e) :** *la plaisanterie.*
11. **Sich auf** + A. **ver'lassen (ie, a, ä) :** *compter sur, se fier à, se reposer sur.*
12. **'Herausfinden (a, u) :** *trouver, découvrir* (**in einer Menge :** *dans une foule*), *retrouver.*
13. **Das Billett (-s) :** *le billet* ; cf. également **die Eintrittskarte (-n)**, ou, plus simplement **Karte**, cf. supra, n. 9.

Warum ist er denn nicht selber gegangen ? — Sie singen übrigens sehr schön. Es ist sehr erhebend — sicher ! Bravo ! bravo !... Ja, applaudieren wir mit. Der neben mir klatscht wie verrückt. Ob's ihm wirklich so gut gefällt ? — Das Mädel [1] drüben in der Loge ist sehr hübsch. Sieht sie mich an oder den Herrn dort mit dem blonden Vollbart ?... Ah, ein Solo ! Wer ist das ? Alt [2] : Fräulein Walker, Sopran [3] : Fräulein Michalek... das ist wahrscheinlich Sopran... Lang' war ich schon nicht in der Oper. In der Oper unterhalt' [4] ich mich immer, auch wenn's langweilig ist. Übermorgen könnt' ich eigentlich wieder hineingeh'n, zur »Traviata [5]«. Ja, übermorgen bin ich vielleicht schon eine tote Leiche [6] ! Ah, Unsinn, das glaub' ich selber nicht ! Warten S' [7] nur, Herr Doktor, Ihnen wird's vergeh'n [8], solche Bemerkungen zu machen ! Das Nasenspitzel [9] hau' ich Ihnen herunter...

Wenn ich die in der Loge nur genau sehen könnt' ! Ich möcht' mir den Operngucker [10] von dem Herrn neben mir ausleih'n, aber der frißt [11] mich ja auf, wenn ich ihn in seiner Andacht stör'... In welcher Gegend die Schwester vom Kopetzky steht ? Ob ich sie erkennen möcht' [12] ? Ich hab' sie ja nur zwei- oder dreimal gesehen, das letztemal im Offizierskasino [13]... Ob das lauter anständige Mädeln sind, alle hundert ? O jeh !... »Unter Mitwirkung des Singvereins !« — Singverein... komisch !

---

1. **Das Mädel, (-) :** fam., autr. (mais aussi alld du Nord, bav.), ≈ alld, **das Mädchen (-) :** *la jeune fille, la fille.*
2. **Alt :** de **der Alt :** *le contralto* (voix ou personne qui a cette voix). Fräulein Walker, Edith : née en 1870 à New York, elle débute en 1895 à l'Opéra de la Cour de Vienne ; elle est considérée comme le contralto le plus remarquable de l'époque.
3. **Sopran :** de **der Sopran :** *le soprano* (voix) ou *la soprane* (personne qui a cette voix). Le nom du texte renvoie à Merlitschek, Edith, née Michalek : née en 1875 à Vienne, elle est engagée en 1897 à l'Opéra de la Cour, où elle reste jusqu'en 1910, comme soprano léger.
4. **Unterhalt' ich mich :** première occurrence de l'élision du **e** en finale, pour **unterhalte** ; de **sich unter'halten (ie, ie, ä) :** *se divertir* ; **sich unterhalten mit :** *s'entretenir, converser avec.*
5. **Zur (zu der) Traviata :** *la Traviata*, opéra en quatre actes de Giuseppe Verdi (1853).
6. **Eine tote Leiche :** litt. *un cadavre mort* ; cette expr. est un pléonasme vienn. Ici : *un homme mort.* Cf. **die Leiche (-n) :** *le cadavre, le corps.*

Mais pourquoi donc n'y est-il pas allé lui-même ? Elles chantent très bien, du reste. C'est très édifiant, ça, c'est sûr ! Bravo ! Bravo !... Oui, applaudissons aussi ! Le type à côté de moi applaudit comme un fou ; ça lui plaît vraiment tant que ça ? La jeune fille, là-bas, dans la loge, est très jolie. C'est moi qu'elle regarde ou le monsieur, là-bas, à la grande barbe blonde ?... Ah, un solo ! Qui est-ce ? Contralto : Mademoiselle Walker, soprano : Mademoiselle Michalek... C'et vraisemblablement le soprano... Ça fait longtemps que je n'ai pas mis les pieds à l'Opéra. À l'Opéra, je me divertis toujours, même lorsque c'est ennuyeux. Après-demain je pourrais y aller, au fond, pour entendre *la Traviata*. Oui, mais après-demain je ne serai peut-être plus de ce monde ! Ah, sottises ! Je n'en crois pas un mot ! Mais attendez, docteur, elle va vous passer, l'envie de faire de telles réflexions ! Je vous le couperai, le bout du nez, avec mon sabre !

Si seulement je pouvais voir avec précision la fille dans la loge ! J'aimerais bien emprunter ses jumelles au monsieur à côté de moi, mais il va m'assassiner si je trouble son recueillement... À quel endroit se trouve la sœur de Kopetsky ? Serais-je capable de la reconnaître ? Je ne l'ai vue que deux ou trois fois, la dernière fois au cercle des officiers... Allez savoir si ces cent filles-là sont toutes convenables ? Oh la la !... « Avec le concours de la Chorale ! »... La Chorale... Bizarre !

---

7. **Warten S' nur :** pour **warten Sie nur** (première occurrence de l'élision de deux lettres en finale, ici **ie**).
8. **Ihnen wird's vergeh'n :** pour **ver'gehen** (première occurrence de l'élision du **e** à l'intérieur du mot) : *l'envie vous passera (de)* ; cf. par ex. **bei dem Anblick verging ihm der Appetit :** *la vue (de ce spectacle) lui coupa l'appétit.*
9. **Das Nasenspitzel :** dim. autr., ≈ alld **Nasenspitzlein**, de **die Nasenspitze**. La phrase **das Nasenspitzel hau' ich Ihnen herunter** anticipe ici sur la suite. En effet, c'est le lendemain que Gustel doit se battre en duel avec le « docteur », avec qui il s'est disputé lors d'une soirée chez les Mannheimer (cf. plus loin, dans le texte).
10. **Der Operngucker (-) :** fam., *la lorgnette, les jumelles.*
11. **Jdn. 'auffressen (a, e, i) :** *bouffer qqn*, de **auffressen :** *dévorer* (pour des animaux), ici : *tuer* ou *assassiner.*
12. **Möcht' :** ici dans le sens de *serais-je capable de*, autr., ≈ alld **können :** *être capable, en mesure de.*
13. **Das Offizierskasino (-s) :** lieu où se réunissent les officiers ou les sous-officiers d'une même unité pour prendre leur repas en commun ; par extension, se dit de tous ceux qui mangent au mess, qu'ils soient membres ou hôtes.

Ich hab' mir darunter eigentlich immer so was [1] Ähnliches vorgestellt [2], wie die Wiener Tanzsängerinnen, das heißt [3], ich hab' schon gewußt, das es was anderes ist !... Schöne Erinnerungen ! Damals beim »Grünen Tor [4]«... Wie hat sie nur geheißen [5] ? Und dann hat sie mir einmal eine Ansichtskarte aus Belgrad geschickt... auch eine schöne Gegend ! — Der Kopetzky hat's gut, der sitzt jetzt längst im Wirtshaus und raucht seine Virginia [6] !...

Was guckt [7] mich denn der Kerl dort immer an ? Mir scheint, der merkt, daß ich mich langweil' und nicht herg'hör' [8]... Ich möcht' [9] Ihnen raten, ein etwas weniger freches Gesicht zu machen, sonst stell' ich Sie mir nachher im Foyer ! — Schaut schon weg !... Daß sie alle vor meinem Blick so eine Angst hab'n... »Du hast die schönsten Augen, die mir je vorgekommen sind !« hat neulich die Steffi gesagt... O Steffi, Steffi, Steffi ! — Die Steffi ist eigentlich schuld, daß ich dasitz' und mir stundenlang vorlamentieren [10] lassen muß. — Ah, diese ewige Abschreiberei [11] von der Steffi geht mir wirklich schon auf die Nerven ! Wie schön hätt' der heutige Abend sein können. Ich hätt' große Lust, das Brieferl [12] von der Steffi zu lesen. Da hab' ich's ja. Aber wenn ich die Brieftasche herausnehm', frißt mich der Kerl daneben auf ! — Ich weiß ja, was drinsteht... sie kann nicht kommen, weil sie mit »ihm« nachtmahlen [13] gehen muß...

---

1. **Was :** fam. pour **etwas**.
2. **Sich etw. 'vorstellen :** *s'imaginer, se figurer qqch.*
3. **Das heißt :** *c'est-à-dire* ; **heißen (ie, ei)** signifie ici *vouloir dire, signifier* ; **wie heißt das auf deutsch ?** *comment dit-on cela en allemand ?*
4. **Beim Grünen Tor :** établissement, ≈ alld **zum Grünen Tor**, cabaret (dernier quart du XIXe siècle jusqu'en 1904) situé dans le VIIIe arrondissement, au 14 de la **Lerchenfelderstraße**, *rue Lerchenfelder.*
5. **Geheißen :** part. II de **heißen :** *s'appeler*, ce vb. signifie également *ordonner* ; il est le seul vb. en **-ei** à former son part. II en **-ei** (les autres le forment en **-ie**, comme par ex. **bleiben, blieb, geblieben**). Cf. aussi supra, n. 3.
6. **Seine Virginia :** un *« Virginia »*, long cigarre de la Régie Autrichienne des Tabacs.

Cela m'a toujours fait penser à quelque chose comme les chanteuses-danseuses de Vienne, enfin... je sais bien que ça n'a rien à voir !... Ce sont de bons souvenirs... Jadis au *Portail Vert*... Elle s'appelait comment déjà ? Elle m'a envoyé ensuite une carte postale de Belgrade... Ça aussi c'est une belle région ! Ce Kopetzky, il ne s'en fait pas ! Cela fait un bon moment déjà qu'il est au restaurant et qu'il fume son cigare !...

Qu'est-ce qu'il a donc, cet individu, là-bas, à me lorgner tout le temps ? J'ai l'impression qu'il remarque que je m'ennuie et que je ne suis pas à ma place ici... Je vous conseillerais d'arborer une mine un peu moins insolente, faute de quoi je vous sommerai de vous expliquer tout à l'heure au foyer ! Il détourne les yeux, ça y est !... Qu'ils aient tous à ce point peur de mon regard... « Tu as les plus beaux yeux que j'aie jamais vus ! » m'a dit Steffi récemment... Oh, Steffi, Steffi, Steffi ! C'est sa faute, à cette Steffi, si je me retrouve là à subir pendant des heures les jérémiades de ces chanteurs. Ah, cette manie de se décommander sans arrêt, celle-là, ça commence vraiment à m'énerver ! Comme cette soirée aurait pu être agréable ! J'aimerais vraiment beaucoup lire le petit mot de Steffi. Je l'ai sur moi. Mais si je tire mon portefeuille, le type à côté de moi va me tuer ! Je sais pertinemment ce qu'il contient... Elle ne peut pas venir parce qu'elle doit aller dîner avec « lui »...

---

7. **Jdn 'angucken :** fam., *regarder, zieuter, viser qqn.*
8. **Nicht herg'hör' :** pour **nicht hergehöre**, de **'hergehören**, syn. de **nicht 'hierhergehören :** *ne pas appartenir à, n'avoir aucun rapport avec, n'avoir rien à faire ici.*
9. **Möcht :** autr., ≈ alld **würde** ; le vb. de modalité **mögen** (comme, plus loin, le vb. **tun**) au subjonctif II fait fonction ici d'auxiliaire de formation du conditionnel.
10. **'Vorlamentieren :** iron., *se lamenter, faire entendre des lamentations, des jérémiades.*
11. **Diese ewige Abschreiberei :** cf. infra, également, **Absagerei**, n. 4, p. 48, de **'abschreiben (ie, ie) :** *se décommander* (par écrit) ; **'absagen**, (verbalement).
12. **Brieferl :** dim. autr., ≈ alld **das Brieflein**, de **der Brief (e) :** *la lettre.*
13. **'Nachtmahlen :** autr., *dîner,* ≈ alld **zu Abend essen**.

Ah, das war komisch vor acht Tagen, wie [1] sie mit ihm in der Gartenbaugesellschaft [2] gewesen ist, und ich vis-a-vis [3] mit'm [4] Kopetzky ; und sie hat mir immer die Zeichen gemacht mit den Augerln [5], die verabredeten [6]. Er hat nichts gemerkt — unglaublich ! Muß übrigens ein Jud' sein ! Freilich, in einer Bank ist er, und der schwarze Schnurrbart... Reserveleutnant soll er auch sein ! Na, in mein Regiment sollt' er nicht zur Waffenübung kommen ! Überhaupt, daß sie noch immer so viel Juden zu Offizieren machen — da pfeif' ich auf'n ganzen Antisemitismus ! Neulich in der Gesellschaft, wo die G'schicht' [7] mit dem Doktor passiert ist bei den Mannheimers... die Mannheimer selber sollen ja auch Juden sein, getauft natürlich... denen merkt man's aber gar nicht an — besonders die Frau... so blond, bildhübsch die Figur... War sehr amüsant im ganzen. Famoses Essen, großartige Zigarren... Na ja, wer hat's Geld ? [8]...

Bravo, bravo ! Jetzt wird's doch bald aus sein ? — Ja, jetzt steht die ganze G'sellschaft da droben auf... sieht sehr gut aus [9] — imposant ! — Orgel auch ?... Orgel hab' ich sehr gern... So, das laß' ich mir g'fall'n [10] — sehr schön ! Es ist wirklich wahr, man sollt' öfter [11] in Konzerte gehen... Wunderschön ist's g'wesen, werd' ich dem Kopetzky sagen... Werd' ich ihn heut' im Kaffeehaus treffen ?

---

1. **Wie :** autr., ≈ alld **als :** *quand* ; en alld, la conjonction **wie** signifie *comme*, ou *comment*.
2. **Gartenbaugesellschaft :** établissement huppé (existant depuis 1864) où se retrouvait la bonne société pour des réunions (au début privées) sur le **Parkring** (le **Parkring** est une partie du **Ring**, boulevard qui longe le parc), dans le Ier arrondissement.
3. **Vis-a-vis :** du fr. *vis-à-vis*, ≈ alld **gegenüber**.
4. **Mit'm :** (première occurrence de l'élision de deux lettres à l'initiale, ici **de**), pour **mit dem**.
5. **Augerl :** dim. autr. ≈ alld **Äuglein**, de **das Auge (-n) :** *l'œil* ; cf. **äugeln :** *lancer des œillades.*
6. **Verabredeten :** vb. au part. II, de **ver'abreden**, syn. de **ver'einbaren, etw. :** *convenir de qqch., tomber, se mettre d'accord sur qqch.* Cf. **am verabredeten Ort :** *à l'endroit convenu* et **das**

Ah ! C'était drôle, il y a huit jours, quand elle était au restaurant, à la *Gartenbaugesellschaft*, avec lui et moi à une table en face avec Kopetzky ; elle n'a pas arrêté de me faire, avec ses yeux, les signes convenus. Et lui qui n'a rien remarqué ! Incroyable ! Du reste, c'est certainement un Juif ! Il travaille sans doute dans une banque. Et cette moustache noire... Officier de réserve, voilà ce qu'il doit être ! Ah ! Je ne lui conseille pas de faire sa période d'instruction dans mon régiment ! De toute manière je ne comprends pas que l'on tolère que tant de Juifs deviennent officiers ! Dans ces conditions, je me fiche pas mal de l'antisémitisme ! L'autre jour, à la soirée où il y a eu cette histoire avec le docteur chez les Mannheimer... Il paraît que les Mannheimer sont juifs, aussi. Convertis, naturellement... Mais eux, ils n'en ont pas l'air du tout, surtout la femme, si blonde, et de corps... superbe ! Nous avons passé une bonne soirée dans l'ensemble : un dîner délicieux, des cigares sublimes... Ce sont toujours les mêmes qui roulent sur l'or !...

Bravo ! Bravo ! Ça y est, c'est bientôt la fin ? Oui, tout le monde est debout, là-haut... Ils ont de l'allure, tous ! Impressionnant ! L'orgue, maintenant ?... J'aime beaucoup l'orgue... Ah, ça ne me déplaît pas, c'est très beau ! C'est vrai : on devrait aller plus souvent entendre des concerts... Merveilleux ! Cela a été merveilleux ! Je le dirai à Kopetzky... Est-ce que je le rencontrerai aujourd'hui au café ?

---

ist eine verabredete Sache zwischen uns : *c'est convenu entre nous.* Cf. **sich verabreden mit :** *prendre rendez-vous avec.*

7. **G'schicht' :** pour **Geschichte**.
8. **Wer hat's Geld ? :** pour **wer hat das Geld ? :** litt. *qui a l'argent ?*, c.-à-d. *chez qui (où) croyez-vous que se trouve l'argent ?*
9. **Sieht sehr gut aus :** de **'aussehen (a, e, ie) :** *avoir l'air de, paraître* ; cf. **jünger aussehen, als man ist :** *paraître (faire) plus jeune que son âge.*
10. **Das laß' ich mir g'fall'n :** pour **das lasse ich mir gefallen**, de **sich etw. gefallen lassen :** *tolérer que l'on vous fasse qqch.* (ici il s'agit de qqch. d'agréable) ; **sich nichts gefallen lassen :** *ne pas se laisser faire, se laisser marcher sur les pieds* ; **ge'fallen (ie, a, ä) :** *plaire.*
11. **Öfter :** comparatif de **oft :** *souvent.*

— Ah, ich hab' gar keine Lust, ins Kaffeehaus[1] zu geh'n ; hab' mich gestern so gegiftet[2] ! Hundertsechzig Gulden[3] auf einem Sitz verspielt — zu dumm ! Und wer hat alles gewonnen ? Der Ballert, grad'[4] der, der's nicht notwendig hat... Der Ballert ist eigentlich schuld[5], daß ich in das blöde Konzert hab' geh'n müssen... Na ja, sonst hätt' ich heut wieder spielen können, vielleicht doch was zurückgewonnen. Aber es ist ganz gut, daß ich mir selber das Ehrenwort gegeben hab', einen Monat lang keine Karte anzurühren... Die Mama wird wieder ein G'sicht machen, wenn sie meinen Brief bekommt ! — Ah, sie soll zum Onkel geh'n, der hat Geld wie Mist[6]; auf die paar hundert Gulden kommt's ihm nicht an. Wenn ich's nur durchsetzen könnt', daß er mir eine regelmäßige Sustentation[7] gibt... aber nein, um jeden Kreuzer[8] muß man extra betteln. Dann heißt's wieder : Im vorigen Jahr war die Ernte schlecht !... Ob ich heuer[9] im Sommer wieder zum Onkel fahren[10] soll auf vierzehn Tag ? Eigentlich langweilt man sich dort zum Sterben... Wenn ich die... wie hat sie nur geheißen ?... Es ist merkwürdig, ich kann mir keinen Namen merken[11] !... Ah, ja : Etelka !... Kein Wort deutsch hat sie verstanden, aber das war auch nicht notwendig... hab' gar nichts zu reden brauchen !... Ja, es wird ganz gut sein, vierzehn Tage Landluft und vierzehn Nächt' Etelka oder sonstwer... Aber acht Tag' sollt' ich doch auch wieder beim Papa und bei der Mama sein... Schlecht hat sie ausg'seh'n heuer zu Weihnachten...

---

1. **Ins Kaffeehaus :** de **das Kaffeehaus (¨er) :** *le café* ; les cafés étaient des lieux de rencontre, où les gens pouvaient séjourner assez longtemps, bavarder, jouer à des jeux de cartes ou de société ou lire le journal ; on parle de **Kaffeehausatmosphäre**, atmosphère typique de ces cafés.
2. **Hab' mich gestern so gegiftet :** vienn., litt. *je me suis hier tellement empoisonné*, c.-à-d. *j'ai été tellement agacé, courroucé* ; cf. **das Gift (-e) :** *le poison* et **Gift für jdn., etw., sein :** *ne pas être bon pour qqn, qqch., être nuisible à qqn, qqch.* Cf. également l'expr. fr., fam., *cela m'empoisonne, cela m'ennuie.*
3. **Hundertsechzig Gulden :** de **der Gulden (-) :** *le florin*, monnaie (or ou argent), qui eut cours en France et dans différents pays (surtout en Allemagne), du XIVᵉ au XIXᵉ siècle. Cette somme, perdue par Gustel en une soirée, représente le salaire mensuel moyen d'un ouvrier, ou la moitié des revenus mensuels moyens d'un petit fonctionnaire de l'époque.

Ah, je n'ai absolument pas envie d'aller au café ; j'ai été tellement agacé, hier soir ! Perdre d'un coup cent soixante florins ! C'est trop bête ! Et qui a tout empoché ? Ballert, justement quelqu'un qui n'en a nul besoin... C'est sa faute, d'ailleurs, à Ballert, si j'ai été obligé d'aller à ce stupide concert... Eh bien oui, car sinon j'aurais pu aujourd'hui retenter ma chance au jeu, et peut-être me refaire un peu. Mais ce n'est pas plus mal que je me sois donné ma parole d'honneur de ne pas toucher une carte pendant un mois... Maman va en faire une tête, quand elle recevra ma lettre ! Ah, elle n'a qu'à aller trouver mon oncle, il a de l'argent à la pelle ! Il n'en est pas à quelques centaines de florins près. Si je pouvais faire en sorte qu'il me serve une rente régulière... Mais non ! Chaque sou, il faut que je le mendie ! Et puis j'ai droit chaque fois à la même réponse : l'an dernier, la récolte a été mauvaise !... Et si cet été j'allais passer une quinzaine de jours chez mon oncle ? En fait, on s'ennuie là-bas à mourir... Si je n'avais pas eu... Voyons, elle s'appelait comment ? C'est étrange, je n'arrive pas à retenir les noms !... Ah oui ! Etelka... Elle ne comprenait pas un seul mot d'allemand, mais ce n'était pas non plus nécessaire... Je n'ai pas eu besoin de parler !... Oui, ce ne sera pas mal, de passer quinze jours de bon air et quinze nuits d'Etelka ou d'une autre... Mais je devrais aussi passer huit jours chez papa et maman... Elle n'avait pas bonne mine cette année à Noël, maman !...

---

4. **Grad' :** pour **gerade :** *justement.*
5. **Jd. ist schuld, daß... :** *c'est la faute (de qqn) si...*
6. **Der hat Geld wie Mist :** litt. *il a autant d'argent que de fumier*, métaphore champêtre qui signifie que le fumier n'étant pas, pour un paysan, une denrée rare, il en a en abondance.
7. **Die Sustentation :** *approvisionnement, soutien*, ici *pension* (c.-à-d. une somme d'argent qui permet d'entretenir financièrement qqn).
8. **Um jeden Kreuzer :** de **der Kreuzer :** *le kreu(t)zer.* Cette monnaie, qui eut cours au XIXᵉ siècle dans le Sud de l'Allemagne, en Autriche et en Suisse, comportant une *croix* (**Kreuz**), était faite dans un métal non noble, donc de moindre valeur. Jusqu'en 1892, le kreu(t)zer était la plus petite unité monétaire en Autriche-Hongrie. Il fallait donner cent kreu(t)zers pour avoir un florin.
9. **Heuer :** alld du Sud, autr., suisse, ≈ alld **dieses Jahr :** *cette année.*
10. **Zum Onkel fahren (u, a, ä) :** on suppose ici que l'oncle en question est propriétaire d'un domaine en Hongrie.
11. **Sich etw. merken :** *retenir, bien remarquer qqch.* **Merken Sie sich das ! :** *Tenez-le-vous pour dit !, prenez-en bonne note !*

Na, jetzt wird die Kränkung [1] schon überwunden sein. Ich an ihrer Stelle wär' froh, daß der Papa in Pension gegangen ist. — Und die Klara wird schon noch einen Mann kriegen... Der Onkel kann schon was hergeben... Achtundzwanzig Jahr, das ist doch nicht so alt... Die Steffi ist sicher nicht jünger... Aber es ist merkwürdig : *die* Frauenzimmer [2] erhalten sich länger jung. Wenn man so bedenkt : die Maretti [3] neulich in der »Madame Sans-Gêne [4]« — siebenunddreißig Jahr ist sie sicher, und sieht aus... Na, ich hätt' nicht Nein g'sagt ! — Schad', daß sie mich nicht g'fragt hat...

Heiß wird's ! Noch immer nicht aus ? Ah, ich freu' mich so auf die frische Luft ! Werd' ein bißl [5] spazieren geh'n, übern Ring [6]... Heut' heißt's : früh ins Bett, morgen nachmittag frisch sein ! Komisch, wie wenig ich daran denk', so egal ist mir das ! Das erstemal hat's mich doch ein bißl aufgeregt. Nicht, daß ich Angst g'habt hätt' ; aber nervös bin ich gewesen in der Nacht vorher [7]... Freilich, der Oberleutnant Bisanz war ein ernster Gegner. — Und doch, nichts ist mir g'scheh'n !... Auch schon anderthalb Jahr her. Wie die Zeit vergeht ! Und wenn mir der Bisanz nichts getan hat, der Doktor wird mir schon gewiß nichts tun ! Obzwar [8], gerade diese ungeschulten Fechter sind manchmal die gefährlichsten. Der Doschintzky hat mir erzählt, daß ihn ein Kerl, der das erstemal einen Säbel in der Hand gehabt hat, auf ein Haar abgestochen hätt' ; und der Doschintzky ist heut Fechtlehrer bei der Landwehr [9]. Freilich — ob er damals schon so viel können hat [10]...

---

1. **Die Kränkung :** de **kränken**, dont le premier sens est : *vexer, offenser*, mais qui signifie aussi **Kummer emp'finden :** *éprouver du chagrin, de la peine.*
2. **Das Frauenzimmer (-) :** péj., *la fille, la bonne femme, la gonzesse.*
3. **Die Maretti :** actrice, cf. infra, note suivante.
4. ***Madame Sans-Gêne* :** comédie en trois actes de Victorien Sardou, représentée pour la première fois à Paris en 1893, et dont l'héroïne est inspirée par l'épouse du maréchal Lefebvre ; la première représentation de cette pièce à Vienne a été donnée le 13 janvier 1894 au **Deutsches Volkstheater** (*Théâtre Populaire Allemand*). Le rôle principal était tenu par Hélène Odilon, née en 1864, l'une des actrices les plus remarquables de son temps. En 1900, cette actrice aurait eu environ trente-sept ans, âge que Gustel donne à la Maretti dans le texte.
5. **Ein bißl :** dim. autr., ≈ alld **ein bißchen :** *un petit peu.*

J'espère que ce chagrin n'est plus qu'un mauvais souvenir. À sa place je serais heureux que papa ait pris sa retraite. Quant à Clara, elle trouvera bien encore un mari... Notre oncle peut bien donner un petit quelque chose... Vingt-huit ans, ce n'est pas si vieux... Steffi n'a sûrement pas moins... Mais c'est curieux : ces femmes-là restent jeunes plus longtemps. Si l'on songe à la Maretti dans *Madame Sans-Gêne* récemment, elle a bien trente-sept ans, et quelle belle femme ! Ma foi, je n'aurais pas dit non... Dommage qu'elle ne m'ait pas demandé...

Il commence à faire chaud ! C'est pas encore fini ? Ah, il me tarde de respirer l'air pur ! J'irai faire une petite promenade sur le *Ring*. Programme de ce soir : se coucher tôt pour être frais et dispos demain après-midi. C'est bizarre ! Je n'y pense guère, cela m'est complètement égal ! La première fois je n'étais quand même pas très calme. Non que j'aie eu peur, mais nerveux..., je l'ai été, la nuit qui a précédé le duel... Certes, le lieutenant Bisanz était un adversaire sérieux. Et pourtant, j'en ai réchappé ! Une histoire vieille de plus d'un an et demi déjà ! Comme le temps passe ! Et si Bisanz ne m'a rien fait, le docteur ne me fera rien non plus, c'est certain. Encore que ce soient justement les tireurs les plus inexpérimentés qui sont parfois les plus dangereux. Doschintzky m'a raconté qu'il s'en est fallu de peu qu'un type, qui, pour la première fois, tenait un sabre, ne le transperce. Et Doschintzky est aujourd'hui maître d'armes à la *Landwehr*. Allez savoir... Est-ce qu'à l'époque il savait tout aussi bien manier le sabre ?

---

6. **Übern Ring :** pour **über den Ring**, boulevard circulaire, qui a remplacé les anciens remparts de Vienne construits au XIIe siècle, autour duquel ont été construits, au XIXe siècle, des monuments dans un style néo-gothique et néo-classique, comme l'Opéra (1869), l'Hôtel de Ville (1833), le Parlement (1883) et le **Burgtheather** (1888).
7. **In der Nacht vorher :** fam., litt. *dans la nuit avant*, c.-à-d. *avant le duel.*
8. **Obzwar :** style soutenu, ≈ **obwohl :** conjonction exprimant la concession.
9. **Bei der Landwehr :** cf. **die Landwehr :** régiment ou corps de réserve, corps d'armée (troupes nationales), que l'on garde disponible pour le faire intervenir au point et au moment voulus.
10. **So viel können hat :** autr., ≈ alld **so viel gekonnt hat**.

Das Wichtigste ist : kaltes Blut. Nicht einmal einen rechten Zorn hab'ich mehr in mir, und es war doch eine Frechheit — unglaublich ! Sicher hätt' er sich's nicht getraut, wenn er nicht Champagner [1] getrunken hätt' vorher... So eine Frechheit ! Gewiß ein Sozialist ! Die Rechtsverdreher [2] sind doch heutzutag' alle Sozialisten ! Eine Bande... am liebsten möchten sie gleich 's ganze Militär [3] abschaffen ; aber wer ihnen dann helfen möcht', wenn die Chinesen über die kommen [4], daran denken sie nicht. Blödisten [5] ! — Man muß gelegentlich ein Exempel statuieren [6]. Ganz recht hab' ich g'habt. Ich bin froh, daß ich ihn nimmer auslassen hab' nach der Bemerkung. Wenn ich dran denk', werd' ich ganz wild [7] ! Aber ich hab' mich famos [8] benommen ; der Oberst sagt auch, es war absolut korrekt. Wird mir überhaupt nützen, die Sache. Ich kenn' manche, die den Burschen hätten durchschlüpfen [9] lassen. Der Müller sicher, der wär' wieder objektiv gewesen oder so was. Mit dem Objektivsein hat sich noch jeder blamiert... »Herr Leutnant !«... schon die Art, wie er »Herr Leutnant« gesagt hat, war unverschämt !... »Sie werden mir doch zugeben müssen«... — Wie sind wir denn nur d'rauf gekommen ? Wieso hab' ich mich mit dem Sozialisten in ein Gespräch eingelassen [10] ? Wie hat's denn nur angefangen ?... Mir scheint, die schwarze Frau, die ich zum Büfett geführt hab', ist auch dabei gewesen... und dann dieser junge Mensch, der die Jagdbilder malt — wie heißt er denn nur ?...

---

1. **Der Champagner (-) :** *le champagne*, appellation qui ne vaut que pour le vin (blanc ou rosé) fabriqué en France, en Champagne ; **der Stoff ist champagner gefärbt :** *le tissu est (couleur) champagne.* A ne pas confondre avec **der Sekt (-e) :** *le vin champagnisé, le mousseux.*
2. **Der Rechtsverdreher (-) :** litt. *qqn qui tourne le droit* (**das Recht verdreht, beugt**) ; de **ver'drehen :** *altérer, fausser, déformer* [vérité, mot(s), faits].
3. **'S ganze Militär :** pour **das ganze Militär** (élision de **da** à l'initiale).
4. **Wenn die Chinesen über die kommen :** litt. *lorsque les Chinois arriveront sur eux, les envahiront* ; allusion au spectre du péril jaune, tel qu'on se le représentait au début du siècle, repris par Gustel tel quel, sans qu'il fasse preuve du moindre esprit critique.

Le plus important, c'est d'avoir du sang-froid ! Il ne me reste même plus rien de ma colère d'alors. Elle s'est envolée. Et pourtant, quel culot ! Incroyable ! Certainement qu'il n'aurait jamais osé s'il n'avait pas bu avant du champagne... Un tel culot ! Un socialiste, à n'en pas douter ! Ah, les chicaneurs sont actuellement tous socialistes ! Quelle bande de... Si on les laissait faire, ils aboliraient tout de suite l'armée ; et qui viendrait à leur secours, si les Chinois leur tombaient dessus ? Ils n'y pensent pas, à ça, les idiots ! Il est bon de temps en temps de faire un exemple ! J'ai eu tout à fait raison. Je suis heureux de ne plus l'avoir lâché après une telle réflexion ! Quand j'y songe, je vois rouge ! Mais je me suis conduit de façon épatante ; le colonel dit aussi que c'était parfaitement correct. Elle me sera profitable, cette affaire, en tout état de cause. J'en connais certains qui auraient laissé filer le lascar. Müller, par exemple, qui aurait fait preuve d'objectivité ou je ne sais quoi de ce genre. Ah, l'objectivité, elle est responsable de bien des gaffes... « Monsieur le lieutenant ! »... Rien que la façon dont il disait « Monsieur le lieutenant » était insolente ! « Vous m'avouerez quand même que... » Mais comment en sommes-nous venus à parler de ça ? Comment me suis-je laissé entraîner dans une discussion avec ce socialiste ? Comment cela a-t-il commencé ?... J'ai l'impression que la femme brune que j'avais conduite au buffet était présente aussi... Et puis ce jeune homme, qui peint des tableaux de chasse. Comment s'appelle-t-il déjà ?...

---

5. **Blödisten :** *des gens bêtes, des idiots*, de **der Blödist (-en)**, autr., vx, cf. **blöde :** *débile, idiot*, et, *désagréable, idiot* : **eine blöde Sache, Situation**.
6. **Ein Exempel statuieren :** style soutenu, vx, du lat. ***exemplum statuere*** : *faire un exemple.*
7. **Werd' ich ganz wild :** de **wild werden :** *s'emporter, se mettre en colère*, expr. où **wild** est syn. de **wütend :** *furieux.*
8. **Famos :** *épatant, chouette* ; **ein famoser Kerl :** *un chic type.*
9. **'Durchschlüpfen :** *se glisser, se faufiler à travers* ; cf. **schlüpfen :** *se glisser, se couler* ; **in den Mantel schlüpfen :** *enfiler son manteau.*
10. **Sich 'einlassen (ie, a, ä) :** *s'engager, s'embarquer dans* ; **sich in ein Gespräch mit jdm. einlassen :** *engager une conversation avec* et **sich mit jdm. einlassen :** *se commettre avec qqn.*

Meiner Seel', der ist an der ganzen Geschichte schuld gewesen ! Der hat von den Manövern [1] geredet ; und dann erst ist dieser Doktor dazugekommen und hat irgendwas [2] g'sagt, war mir nicht gepaßt [3] hat, von Kriegsspielerei oder so was — aber wo ich noch nichts hab' reden können... Ja, und dann ist von den Kadettenschulen gesprochen worden... ja, so war's... und ich hab' von einem patriotischen Fest erzählt... und dann hat der Doktor gesagt — nicht gleich, aber aus dem Fest hat es sich entwickelt [4] — »Herr Leutnant, Sie werden mir doch zugeben, daß nicht alle Ihre Kameraden zum Militär gegangen [5] sind, ausschließlich [6] um das Vaterland zu verteidigen !« So eine Frechheit [7] ! Das wagt so ein Mensch einem Offizier ins Gesicht zu sagen ! Wenn ich mich nur erinnern könnt', was ich d'rauf geantwortet hab' ? ... Ah ja, etwas von Leuten, die sich in Dinge dreinmengen [8], von denen sie nichts versteh'n [9]... Ja, richtig... und dann war einer da, der hat die Sache gütlich beilegen [10] wollen, ein älterer Herr mit einem Stockschnupfen... Aber ich war zu wütend ! Der Doktor hat das absolut in dem Ton gesagt, als wenn er direkt mich gemeint [11] hätt'. Er hätt' nur noch sagen müssen, daß sie mich aus dem Gymnasium hinausg'schmissen [12] haben, und daß ich deswegen in die Kadettenschul' gesteckt worden bin... Die Leut' können eben unserein'n nicht versteh'n, sie sind zu dumm dazu... Wenn ich mich so erinner', wie ich das erstemal den Rock angehabt hab', so was erlebt eben nicht ein jeder...

---

1. **Manövern**, de **das Manöver (-) :** *la manœuvre* ; **ins Manöver ziehen/rücken :** *partir en manœuvre.*
2. **Irgendwas**, fam. pour **irgend etwas :** *n'importe quoi, qqch.*
3. **Jdm passen :** *convenir à, cadrer avec, être assorti à* ; **das passende Wort :** *le mot propre.*
4. **Sich aus etw. ent'wickeln :** *résulter de* ; **sich zu etw. entwickeln :** *devenir qqch.*
5. **Zum Militär gehen (i, a) :** *entrer dans l'armée, se faire soldat* ; cf. **zur See gehen :** *se faire marin* et **zum Theater gehen :** *se faire acteur* ; à ne pas confondre avec **ins Theater gehen :** *aller au théâtre, au spectacle.*
6. **Ausschließlich :** *exclusif, exclusivement* ; syn. de **nur :** *ne... que* ; cf. **er lebt ausschließlich für seine Familie :** *il ne vit que pour sa famille.* De **'ausschließen (o, o) :** *exclure*, par ex. **aus einer Partei :** *d'un parti.*

Bonté divine ! C'est lui qui a été cause de tout ! C'est lui qui a parlé des manœuvres ; et c'est alors seulement que ce docteur s'est joint à nous et a dit quelque chose qui ne m'a pas plu à propos d'hommes qui jouaient à la guerre ou quelque chose de ce style, mais là, je n'ai rien pu dire encore... Oui, et puis il a été question de l'école des cadets... Oui, c'est ça... Et moi j'ai parlé d'une fête patriotique... Et puis le docteur a dit, pas tout de suite, mais c'est de l'idée de fête que tout est parti : « Monsieur le lieutenant, vous me concéderez quand même que tous vos camarades n'ont pas choisi la carrière militaire uniquement dans le but de défendre leur patrie ! » Quelle insolence ! Voilà ce qu'un tel homme ose jeter à la face d'un officier ! Si seulement je parvenais à me rappeler ce que j'ai répondu à cela ?... Ah, oui ! J'ai parlé de gens qui se mêlent de choses auxquelles ils n'entendent rien... Oui, exact... Et puis il y avait là quelqu'un qui a voulu apaiser les esprits, un vieux monsieur très enrhumé... Mais j'étais trop furieux ! Le docteur a dit ça vraiment sur un ton..., comme si c'était à moi directement que ce discours s'adressait. Il ne manquait plus qu'il dise qu'on m'avait flanqué à la porte du lycée et que c'était pour ça qu'on m'avait mis dans cette école de cadets... Ces gens-là ne peuvent pas, justement, nous comprendre, ils sont trop bêtes pour ça... Quand je me rappelle le jour où j'ai porté l'uniforme pour la première fois, je pense que vivre, ça n'est pas donné à tout le monde...

---

7. **Die Frechheit :** *l'insolence, l'impertinence* ; cf. **so eine Frechheit ! :** *quel culot !* et **er treibt die Frechheit zu weit :** *il pousse l'insolence trop loin*. Cf. également **frech :** *insolent* ; **eine freche Lüge :** *un mensonge éhonté* ; **freche Antworten :** *des réponses impertinentes.*
8. **'Dreinmengen :** cf. **sich mengen in** + A. **:** *se mêler à, s'immiscer dans.*
9. **Ver'stehen (a, a) von :** *comprendre à, entendre à* ; **er versteht nichts von Musik :** *il n'entend rien à la musique (n'a aucune notion de).* **Was verstehen Sie davon ? :** *qu'en savez-vous ?*
10. **(Eine Sache, einen Streit, eine Differenz) 'beilegen :** *régler, arranger (une affaire, une dispute, un différend).* Cf. également **'beilegen (beifügen) :** *joindre* et **'beilegen (beimessen) :** *prêter, donner, attacher.*
11. **Mich gemeint :** de **jdn, etw. meinen :** *concerner qqn, qqch.*, dans le sens de *avoir à l'esprit*, par ex. : **meinen Sie mich ? :** *c'est de moi que vous parlez ? c'est à moi que vous vous adressez ?* et **welches Buch meinen Sie ? :** *à quel livre songez-vous ?*
12. **Hinausg'schmissen :** pour **hinausgeschmissen**, de **'hinausschmeißen (i, i)** : fam., pour **hinauswerfen (a, o, i) :** *jeter, flanquer, balancer (dehors)* ; **jdn hinausschmeißen :** *flanquer, foutre qqn à la porte, dehors, vider qqn.*

Im vorigen Jahr [1] bei den Manövern — ich hätt' was drum gegeben [2], wenn's plötzlich Ernst gewesen wär'... Und der Mirovic hat mir g'sagt, es ist ihm ebenso gegangen. Und dann, wie Seine Hoheit [3] die Front abgeritten sind, und die Ansprache [4] vom Obersten — da muß einer schon ein ordentlicher [5] Lump [6] sein, wenn ihm das Herz nicht höher schlägt... Und da kommt so ein Tintenfisch [7] daher, der sein Lebtag nichts getan hat, als hinter den Büchern gesessen, und erlaubt sich eine freche Bemerkung [8] !... Ah, wart' nur, mein Lieber — bis zur Kampfunfähigkeit... jawohl, du sollst so kampfunfähig werden...

Ja, was ist denn ? Jetzt muß es doch bald aus sein ?... »Ihr, seine Engel, lobet den Herrn«... — Freilich [9], das ist der Schlußchor... Wunderschön, da kann man gar nichts sagen. Wunderschön ! — Jetzt hab'ich ganz die aus der Loge vergessen, die früher zu kokettieren [10] angefangen hat. Wo ist sie denn ?... Schon fortgegangen... Die dort scheint auch sehr nett zu sein... Zu dumm, daß ich keinen Operngucker bei mir hab' ! Der Brunnthaler ist ganz gescheit, der hat sein Glas [11] immer im Kaffeehaus bei der Kassa [12] liegen, da kann einem nichts g'scheh'n... Wenn sich die Kleine da vor mir nur *ein*mal umdreh'n möcht' ! So brav sitzt s' alleweil [13] da. Das neben ihr ist sicher die Mama. — Ob ich nicht doch einmal ernstlich ans Heiraten [14] denken soll ? Der Willy war nicht älter als ich, wie [15] er hineingesprungen ist.

---

1. **Im vorigen Jahr :** de **vorig :** *précédent, passé, antérieur.*
2. **Was drum gegeben :** pour **etwas darum gegeben**, où la prép. **um** a le sens de *en échange de, pour*. Plus fréquent : **ich hätte viel dafür gegeben.**
3. **Seine Hoheit :** (titre) *Son Altesse* ; **die Hoheit :** *la souveraineté* ; **staatliche Hoheit :** *souveraineté nationale.*
4. **Die Ansprache (-n) :** *le discours, l'allocution, la harangue* ; **eine Ansprache halten :** *faire, prononcer un discours, une allocution.*
5. **Ordentlich :** *bien en ordre, bien rangé, convenable, bon* ; **ohne Musik ist das kein ordentliches Fest :** *une fête sans musique n'est pas une fête* ; **ordentliche Leute :** *d'honnêtes gens* ; adverbialement : *(bel et) bien, copieusement, dans les règles.*
6. **Der Lump (-en) :** *le coquin, le gredin, la canaille* ; à ne pas confondre avec **der Lumpen (-) :** *le chiffon, la loque* ; cf. **in Lumpen gekleidet :** *en haillons* ; cf. **der Lumpensammler (-) :** *le chiffonnier* et **das Lumpenproletariat :** *le sous-prolétariat.*

L'année dernière, lors des manœuvres, je ne sais pas ce que j'aurais donné pour tout d'un coup me battre pour de bon... Et Mirovic m'a dit que cela c'était passé comme ça pour lui. Et puis, lorsque Son Altesse Impériale a passé en revue les troupes à cheval et que le colonel nous a tenu sa harangue, alors là, il aurait fallu être un moins-que-rien pour ne pas sentir son cœur battre la chamade... Et voilà que s'amène une chiffe molle, qui n'a rien fait de toute sa vie si ce n'est la passer derrière des bouquins et qui se permet une réflexion d'une insolence !... Attends un peu, mon gaillard, je vais te mettre hors de combat..., tu vas voir, hors de combat...

Ah, qu'y a-t-il donc ? Cela devrait être bientôt fini, maintenant ?... « Vous, anges du Seigneur, louez le Très-Haut »... C'est bien le chœur final... Magnifique ! Il n'y a pas à dire, c'est magnifique ! Tiens, j'ai oublié la fille de la loge qui s'était mise à me faire du charme tout à l'heure. Où est-elle passée ? Déjà partie ? L'autre là-bas semble aussi très gentille... Trop bête que je n'aie pas de jumelles ! Brunnthaler est un petit malin, il laisse les siennes en permanence au café à la caisse, comme ça..., pas de danger, il les a toujours sous la main. Si la petite, là, devant moi, pouvait se retourner ne serait-ce qu'*une* fois ! Elle est assise là si sagement depuis le début. À côté d'elle, c'est sûrement sa maman. Je me demande si je ne devrais pas, quand même, penser sérieusement à me marier ? Willy n'était pas plus vieux que moi, lorsqu'il a sauté le pas.

---

7. **Der Tintenfisch :** *la seiche*, de **die Tinte (-n) :** *l'encre ; ici il s'agit d'un terme injurieux.*
8. **Die Bemerkung (-n) :** *la remarque, l'observation, la réflexion.*
9. **Freilich :** *certes, bien sûr, naturellement, il est vrai que.*
10. **Mit jdm kokettieren :** *faire du charme à (mettre tout en œuvre pour séduire) qqn* ; **mit etw. (der Gefahr) kokettieren :** *jouer avec qqch.* (le danger/le feu).
11. **Sein Glas :** ici abréviation de **das Fernglas :** *les jumelles* ; cf. **das Glas (¨er) :** *le verre.*
12. **Kassa :** autr., ≈ **die Kasse :** *la caisse.*
13. **Alleweil :** autr., ≈ **allezeit :** *toujours, à tout propos.*
14. **Ans Heiraten :** vb. substantivé, de **heiraten :** *se marier* ; **die Heirat** : *le mariage* ; à ne pas confondre avec **die Ehe :** *le (l'état de) mariage :* **das Ehepaar :** *le couple (marié).*
15. **Wie :** conj., autr., ≈ alld **als**, cf. n. 1, p. 20.

Hat schon was für sich, so immer gleich ein hübsches Weiberl[1] zu Haus vorrätig[2] zu haben... Zu dumm, daß die Steffi grad heut' keine Zeit hat ! Wenn ich wenigstens wüßte, wo sie ist[3], möcht'[4] ich mich wieder vis-a-vis von ihr hinsetzen. Das wär' eine schöne G'schicht', wenn ihr der draufkommen möcht', da hätt' *ich* sie am Hals... Wenn ich so denk', was dem[5] Fließ sein Verhältnis[6] mit der Winterfeld kostet ! Und dabei betrügt[7] sie ihn hinten und vorn. Das nimmt noch einmal ein Ende mit Schrecken... Bravo, bravo ! Ah, aus !... So, das tut wohl, aufsteh'n können, sich rühren... Na, vielleicht ! Wie lang' wird der da noch brauchen, um sein Glas ins Futteral[8] zu stecken[9] ?

»Pardon, pardon, wollen mich nicht hinauslassen ?«

Ist das ein Gedränge[10] ! Lassen wir die Leut' lieber vorbeipassieren... Elegante Person... ob das echte Brillanten sind ?... Die da ist nett... Wie sie mich anschaut !... O ja, mein Fräulein, ich möcht' schon !... O, die Nase! — Jüdin... Noch eine... Es ist doch fabelhaft, da sind auch die Hälfte Juden... nicht einmal ein Oratorium kann man mehr in Ruhe genießen... So, jetzt schließen[11] wir uns an... Warum drängt denn der Idiot hinter mir ? Das werd' ich ihm abgewöhnen[12]... Ah, ein älterer Herr !... Wer grüßt mich denn dort von drüben ?... Habe die Ehre, habe die Ehre ! Keine Ahnung hab' ich, wer das ist... das Einfachste wär', ich ging gleich zum Leidinger hinüber nachtmahlen... oder soll ich in die Gartenbaugesellschaft ?

---

1. **Weiberl :** dim. autr., ≈ alld **Weibchen**, de **das Weib (-er) :** *la femme* ; ici, iron., *la p'tite femme.*
2. **Vorrätig :** *disponible* (pour des marchandises, en stock, en magasin) ; ici, iron. ; cf. **diesen Artikel haben wir immer vorrätig :** *nous suivons cet article* et **der Vorrat (¨-e) :** *la provision, la réserve, le stock.*
3. **Wo sie ist :** litt. *où elle est, se trouve.*
4. **Möcht' :** autr., ≈ alld **würde**.
5. **Dem :** l'emploi du D. ici est fam., alors que le vb. **kosten** régit dans le langage soutenu l'A. ; cf. **das kostet mich ein Vermögen !** *cela me coûte une fortune !*
6. **Das Verhältnis (-se) :** *le rapport, la relation* ; ici *la liaison* ; **mit jdm ein Verhältnis haben :** *avoir une liaison avec qqn* et **ein Verhältnis zu/mit jdm unter'halten :** *entretenir une liaison avec qqn.*

C'est pas désagréable d'avoir toujours une jolie petite femme chez soi, à sa disposition... Trop bête que Steffi, justement aujourd'hui, ne soit pas libre. Si au moins je savais où elle dîne, je m'assiérais bien volontiers de nouveau à la table en face de la sienne. Ce serait une drôle d'histoire si son type s'apercevait de quelque chose ! C'est *moi* qui l'aurais sur le dos... Quand je pense à ce que coûte à Fließ sa relation avec sa petite amie Winterfeld ! Sans compter qu'il est cocu jusqu'aux yeux. Ça va encore mal se terminer, cette histoire-là... Bravo, bravo ! Ah, c'est fini !... Ça fait du bien de pouvoir se lever et de se dégourdir les jambes... Alors, quoi ! Il va mettre combien de temps encore, celui-là, à fourrer ses jumelles dans leur étui ?

« Pardon, pardon, laissez-moi passer, s'il vous plaît ! »

Quelle foule ! Il vaut mieux laisser sortir les gens... Elégante, cette personne... Ils sont vrais, ces brillants ?... La petite, là, n'est pas mal... Elle a une façon de me regarder !... Oh oui, ma petite demoiselle, je ne dirais pas non !... Oh ! ce nez ! Une Juive... Encore une... Mais c'est effarant, là aussi, la moitié des gens sont juifs... On ne peut même plus écouter tranquillement un oratorio... Bon, maintenant, je peux suivre le flot... Mais qu'est-ce qu'il a, cet idiot, derrière moi, à me bousculer ? Je vais la lui faire passer, l'envie... Tiens, un monsieur d'un certain âge !... Mais qui est-ce donc qui me salue, de là-bas ?... J'ai bien l'honneur... Je n'ai pas la moindre idée de qui ça peut être... Le plus simple serait que j'aille dîner tout de suite chez Leidinger en face... Ou bien à la *Gartenbaugesellschaft* ?

---

7. **Be'trügen (o, o) :** *tromper* ; cf. dans le même sens, mais fam., **fremd gehen :** *tromper* (son partenaire).
8. **Das Futteral (-e) :** *l'étui, la gaine, le fourreau.* A ne pas confondre avec **das Futter :** *la nourriture* (animaux), *la doublure* (vêtements).
9. **Stecken :** fam., *mettre, fourrer.*
10. **Das Gedränge :** *la foule, la cohue, la bousculade.*
11. **Sich 'anschließen (o, o) :** *s'associer (à), suivre.* A noter : **der Anschluß :** *la correspondance* (train), *la jonction, l'annexion.*
12. **Das werd' ich ihm 'abgewöhnen :** pour **werde**, de **jdm etw. (das Fluchen) abgewöhnen :** *faire perdre à qqn l'habitude de qqch. (de jurer)* ; **sich etw. (das Rauchen) abgewöhnen :** *se désaccoutumer de, se guérir de (la cigarette).*

Am End'[1] ist die Steffi auch dort ? Warum hat sie mir eigentlich nicht geschrieben, wohin sie mit ihm geht ? Sie wird's selber noch nicht gewußt haben. Eigentlich schrecklich, so eine abhängige[2] Existenz... Armes Ding[3] ! — So, da ist der Ausgang[4]... Ah, die ist aber bildschön[5] ! Ganz allein ? Wie sie mich anlacht[6]. Das wär' eine Idee, der geh'[7] ich nach !... So, jetzt die Treppen hinunter... Oh, ein Major von Fünfundneunzig[8]... Sehr liebenswürdig hat er gedankt... Bin doch nicht der einzige Offizier hier gewesen... Wo ist denn das hübsche Mädel ? Ah, dort... am Geländer[9] steht sie... So, jetzt heißt's noch zur Garderobe[10]... Daß mir die Kleine nicht auskommt... Hat ihm schon[11] ! So ein elender Fratz[12] ! Laßt[13] sich da von einem Herrn abholen, und jetzt lacht sie noch auf mich herüber ! — Es ist doch keine was wert[14]... Herrgott, ist das ein Gedränge bei der Garderobe !... Warten wir lieber noch ein bissel[15]... So ! Ob der Blödist meine Nummer nehmen möcht' ?...

»Sie, zweihundertvierundzwanzig ! Da hängt er ! Na, hab'n Sie keine Augen ? Da hängt er ! Na, Gott sei Dank !... Also bitte !« ... Der Dicke da verstellt[16] einem schier[17] die ganze Garderobe... »Bitte sehr !«...

»Geduld, Geduld !«

Was sagt der Kerl ?

»Nur ein bissel Geduld !«

---

1. **Am End' :** pour **am Ende :** fam., *peut-être que.*
2. **Von etw./jdm abhängig :** *dépendant, tributaire de qqch., de qqn.*
3. **Armes Ding ! :** de **das Ding (-e)** ou, péj., **(-er) :** *la chose, l'objet, l'affaire* ; cf. également, péj., **das Dings :** *la chose, le truc, le machin.*
4. **Der Ausgang (¨-e) :** *la sortie* ; cf. **der Notausgang :** *l'issue de secours.* Cf. également **der Eingang :** *l'entrée* et **der Zugang :** *l'accès.*
5. **Bildschön :** *très joli* ; composé à partir de **schön :** *beau* et de **« Bild » :** *image* ; en fr. on n'est pas *beau*, mais *sage comme une image !*
6. **Jdn 'anlachen :** *sourire à qqn.*
7. **Jdm 'nachgehen :** *suivre qqn.*
8. **Von Fünfundneunzig :** il s'agit là du numéro d'un régiment.
9. **Das Geländer (-) :** *la balustrade, la rampe* ; attention ! ne pas confondre avec **das Gelände (-) :** *le terrain.*

Peut-être que Steffi s'y trouve aussi ? Pourquoi ne m'a-t-elle donc pas précisé dans sa lettre où elle allait avec lui ? Probablement qu'elle ne le savait pas elle-même. Quelle horreur, finalement, une existence aussi dépendante... Pauvre chose ! Tiens, voilà la sortie... Oh ! ce qu'elle est belle, celle-là ! Toute seule ? Elle en a une façon de me sourire ! Je vais la suivre, c'est une idée, ça ! Bon, maintenant, descendons les escaliers... Oh ! Un colonel du 95ᵉ... Très aimable, la façon dont il m'a rendu mon salut... Je n'étais donc pas le seul officier dans la salle... Où est donc la jolie fille ? Ah, là-bas... près de la rampe... Bon, maintenant, il faut aller au vestiaire... Il ne faudrait pas qu'elle m'échappe, la petite... Ça y est, trop tard ! Sale petite coquine ! Elle demande à un monsieur de venir la chercher à la sortie et, en partant, elle ose me faire des sourires ! Décidément, il n'y en a pas une pour racheter l'autre !... Mon Dieu, quelle bousculade au vestiaire ! Il vaut mieux attendre un petit peu... Voilà ! Est-ce que cet idiot va se décider à prendre mon numéro ?...

« Hé, dites donc, deux cent vingt-quatre ! Là ! Il est accroché là ! Alors ? Vous êtes aveugle ? Il est là ! Ah ! Dieu merci !... Donnez-le-moi, s'il vous plaît ! »... Mais c'est qu'il bloquerait l'accès au vestiaire, ce gros, là ! « Pardon, monsieur ! »...

« Patience, patience ! »

Qu'est-ce qu'il dit, celui-là ?

« Un peu de patience, s'il vous plaît ! »

---

10. **Die Garderobe :** *le vestiaire* (théâtre) ; **die Garderobenfrau :** *la dame du vestiaire* ; **die Garderobe** a également le même sens qu'en fr. *la garde-robe*.

11. **Hat ihm schon :** tournure fam. qui signifique que l'*on a raté le coche*.

12. **Der Fratz :** *la jeune fille délurée, la petite friponne* ; **ein süßer, hübscher Fratz :** *une fille mignonne, un charmant, beau petit brin de fille* ; **ein eitler Fratz :** *une coquette*.

13. **Laßt :** pour **läßt**.

14. **Es ist doch keine was wert :** litt. *aucune ne vaut qqch. (quoi que ce soit)*.

15. **Ein bissel :** dim. autr., ≈ alld **ein bißchen** ; cf. également supra, n. 5, p. 25.

16. **Verstellt :** de **ver'stellen :** ici syn. de **ver'sperren :** *barrer*.

17. **Schier :** *presque, peu s'en faut que*.

Dem muß ich doch antworten[1]... » Machen Sie doch Platz !«

»Na, Sie werden's auch nicht versäumen[2] !«

Was sagt er da ? Sagt er das zu mir ? Das ist doch stark[3] ! Das darf ich mir nicht gefallen lassen ! »Ruhig !«

»Was meinen Sie ?«

Ah, so ein Ton ? Da hört sich doch alles auf[4] !

»Stoßen Sie nicht[5] !«

»Sie, halten Sie das Maul[6] !« Das hätt' ich nicht sagen sollen, ich war zu grob[7]... Na, jetzt ist's schon g'scheh'n !

»Wie meinen[8]?«

Jetzt dreht er sich um... Den kenn' ich ja ! — Donnerwetter, das ist ja der Bäckermeister, der immer ins Kaffeehaus kommt... Was macht denn der da ? Hat sicher auch eine Tochter oder so was[9] bei der Singakademie... Ja, was ist denn das ? Ja, was macht er denn ? Mir scheint gar... ja, meiner Seel', er hat den Griff von meinem Säbel in der Hand... Ja, ist der Kerl verrückt ?... »Sie Herr...«

»Sie, Herr Leutnant, sein S' jetzt ganz stad[10].«

Was sagt er da ? Um Gottes willen, es hat's doch keiner gehört ? Nein, er red't ganz leise... Ja, warum laßt er denn meinen Säbel net[11] aus ?... Herrgott noch einmal... Ah, da heißt's rabiat[12] sein... ich bring' seine Hand vom Griff nicht weg...

---

1. **'Antworten** + D., comme ici : *répondre à qqn* ; cf. également **auf** + A. **antworten** : *répondre à qqch.*.
2. **Ver'säumen** : *manquer, rater, perdre* (du temps) ; ici le sens est celui que l'on retrouve dans l'expr. **nichts zu versäumen haben** : *n'avoir rien de pressant à faire.*
3. **Das ist doch stark !** : *c'est un peu fort ! Elle est un peu raide, celle-là !* ; cf. également **das ist starker Tobak !** : *c'est fort de café !*
4. **Da hört sich doch alles auf !** : expr. *c'est le comble ! C'est trop fort !*, de **'aufhören (mit)** : *cesser (de), finir (de), s'arrêter (de), mettre un terme (à).*
5. **Stoßen Sie nicht** : ici, *ne poussez pas !* ; **stoßen (ie, o)** : *heurter, bousculer, buter* ; **auf jdn/etw. stoßen** : *tomber sur qqn/qqch. par hasard, rencontrer.*
6. **Halten Sie das Maul !** : *fermez votre gueule !, bouclez-la !*, cf.

Il faut que je lui réponde, à celui-là !

« Laissez-moi passer ! »

« Allons ! Vous n'êtes pas plus pressé que les autres ! »

Mais qu'est-ce qu'il dit ? C'est à moi qu'il s'adresse ? C'est trop fort ! Je ne peux pas laisser passer ça !

« Silence ! »

« Vous dites ? »

Ça, par exemple, en voilà un ton ! C'est un comble !

« Ne poussez pas ! »

« Ta gueule, toi ! »

Je n'aurais jamais dû dire ça ! J'ai été trop grossier... Oui, mais c'est fait maintenant !

« Pardon ? »

Il se retourne, maintenant... Mais je le connais, celui-là ! Fichtre, mais c'est le boulanger qui vient toujours au café... Qu'est-ce qu'il fait là ? Il a certainement une fille ou une connaissance dans la chorale... Mais qu'est-ce qu'il se passe ? Mais qu'est-ce qu'il fait ? J'ai l'impression... Ma parole, il tient le pommeau de mon sabre... Il est fou, ma parole !...

« Dites donc, monsieur... »

« Vous, monsieur le lieutenant, tenez-vous tranquille, hein ! »

Que dit-il ? Mon Dieu, personne ne l'a entendu, j'espère ? Non, il a parlé tout bas... Mais pourquoi donc ne lâche-t-il pas mon sabre ?... Nom de Dieu ! Ah, c'est le moment de se montrer furieux... Mais je n'arrive pas à lui faire lâcher prise.

également **halt's Maul ! :** *ta gueule ! la ferme !*, expr. grossières, aussi bien en alld qu'en fr. ! **Das Maul** (¨er) : *la gueule.*

7. **Grob :** *grossier, vulgaire.*
8. **Wie meinen ? :** vx, raccourci de **wie meinen Sie ? :** *vous disiez ? comment ? plaît-il ?* (nuance agressive) ; cf. également **was meinen Sie damit ? :** *que voulez-vous dire par là ?* Attention, ne pas confondre avec **wie du meinst ! :** *comme tu veux !*
9. **Oder so was :** pour **oder so etwas Ähnliches :** litt. *ou qqch. comme ça.*
10. **Sein S' jetzt ganz stad :** première occurrence de l'élision de deux lettres en finale, ici **ie**), pour **seien Sie jetzt ganz stad ; stad :** autr. ≈ alld **still :** *calme, tranquille.*
11. **Net :** fam. pour **nicht :** *ne... pas.*
12. **Rabiat :** syn. de **wütend :** *furieux.*

Nur keinen Skandal jetzt !... Ist nicht am End der Major hinter mir ?... Bemerkt's nur niemand, daß er den Griff von meinem Säbel hält ? Er red't ja zu mir ! Was red't er denn ?

»Herr Leutnant, wenn Sie das geringste Aufsehen machen [1], so zieh' ich den Säbel aus der Scheide [2], zerbrech' ihn und schick' [3] die Stück' an Ihr Regimentskommando [4]. Versteh'n Sie mich, Sie dummer Bub [5] ?«

Was hat er g'sagt ? Mir scheint, ich träum' [6] ! Red't er wirklich zu mir ? Ich sollt' was antworten... Aber der Kerl macht ja Ernst [7] — der zieht wirklich den Säbel heraus. Herrgott — er tut's ! ... Ich spür's [8], er reißt [9] schon dran. Was red't er denn ?... Um Gottes willen, nur kein' Skandal [10] — Was red't er denn noch immer ?

»Aber ich will Ihnen die Karriere [11] nicht verderben [12]... Also, schön brav sein !... So, hab'n S' [13] keine Angst, 's hat niemand was gehört... es ist schon alles gut... so ! Und damit keiner glaubt, daß wir uns gestritten [14] haben, werd' ich jetzt sehr freundlich mit Ihnen sein ! — Habe die Ehre, Herr Leutnant, hat mich sehr gefreut — habe die Ehre.«

Um Gottes willen, hab' ich geträumt ?... Hat er das wirklich gesagt ?... Wo ist er denn ?... Da geht er... Ich müßt' ja den Säbel ziehen und ihn zusammen hauen — Um Gottes willen, es hat's doch niemand gehört ?... Nein, er hat ja nur ganz leise geredet, mir ins Ohr... Warum geh' ich denn nicht hin und hau' ihm den Schädel auseinander ?...

---

1. **Das geringste Aufsehen machen :** cf. **das Aufsehen :** *la sensation* ; on dit plutôt, dans un style soutenu, **Aufsehen erregen :** *faire sensation, faire du bruit, se faire remarquer* et **aufsehenerregend :** *spectaculaire, retentissant.*
2. **Die Scheide (-n) :** *le fourreau* ; cf. **das Schwert (wieder) in die Scheide stecken, aus der Scheide ziehen :** *(rengainer), (re)mettre l'épée au fourreau/dégainer, tirer l'épée du fourreau.*
3. **Etw. an jdn schicken :** *envoyer qqch. à qqn.*
4. **Das Regimentskommando :** il s'agit de l'état-major, d'un groupe d'officiers supérieurs chargés du commandement.
5. **Sie dummer Bub ! :** de **der Bube (-n) :** péj., *le coquin, le fripon.*
6. **Mir scheint, ich träum' :** *il me semble que je rêve* ; on pourrait dire également **mir ist, als ob ich träumte/träumen würde**.
7. **Der Kerl macht ja ernst :** cf. **ernst machen mit etw. :** *mettre qqch. à exécution, passer à l'action.*

Ah, non ! pas d'esclandre ! Pas maintenant !... Le colonel ne serait-il pas derrière moi, par hasard ?... Est-il possible que quelqu'un remarque qu'il tient le pommeau de mon sabre ? Voilà qu'il me parle ! Qu'est-ce qu'il dit donc ?

« Monsieur le lieutenant, au moindre geste de votre part, je tire le sabre de son fourreau, je le casse et j'en envoie les morceaux au commandement de la place. Me comprenez-vous, petit imbécile ? »

Qu'est-ce qu'il a dit ? Je rêve, semble-t-il ? C'est vraiment à moi qu'il parle ? Il faut que je réponde quelque chose... Mais il met son projet à exécution, l'olibrius ! Il tire mon sabre pour de bon ! Il le fait !... Je le sens, il l'arrache déjà... Que dit-il donc ? Oh, ciel ! Par pitié ! Pas d'esclandre ! Mais qu'est-ce qu'il continue à raconter encore ?

« Mais je ne veux pas briser votre carrière... Alors, bien sage, hein !... Là..., n'ayez pas peur, personne n'a rien entendu... Tout est pour le mieux... là ! Et afin que personne ne croie à une querelle, je vais être très aimable avec vous ! J'ai bien l'honneur, monsieur le lieutenant, très heureux. J'ai bien l'honneur. »

Mon Dieu, ai-je rêvé ?... A-t-il dit cela ?... Où est-il donc ? Il s'en va... Je devrais tirer le sabre et le tailler en pièces ! Mon Dieu, et si quelqu'un l'avait entendu ?... Non, il m'a parlé à l'oreille, et très bas... Pourquoi ne pas le rattraper et lui fendre le crâne ?...

---

8. **Ich spür's :** pour **ich spüre es**, de **spüren :** *sentir, flairer* ; cf. **spürbar :** *sensible, perceptible.*
9. **An etw. reißen (i, i) :** *tirer fortement qqch., l'arracher* ; **in Stücke reißen :** *mettre en pièces* ; cf. **reißend :** *féroce, impétueux, lancinant.*
10. **Nur kein' Skandal ! :** pour **nur keinen Skandal !**
11. **Die Karriere :** du fr. *carrière,* ≈ **die Laufbahn** ; **Karriere machen :** *faire une belle (fulgurante) carrière.*
12. **Verderben (a, o) :** *gâter, corrompre, altérer* ; intr. : *se gâter, se corrompre, s'altérer.*
13. **Hab'n S' keine Angst :** pour **haben Sie keine Angst**.
14. **Sich streiten (i, i) :** *se quereller, se disputer* ; **darüber läßt sich streiten** : *c'est discutable.*

Nein, es geht ja nicht, es geht ja nicht... gleich hätt' ich's tun müssen... Warum hab' ich's denn nicht gleich [1] getan ?... Ich hab's ja nicht können [2]... er hat ja den Griff nicht auslassen [3], und er ist zehnmal stärker als ich... Wenn ich noch ein Wort gesagt hätt', hätt' er mir wirklich den Säbel zerbrochen... Ich muß ja noch froh sein, daß er nicht laut geredet hat ! Wenn's ein Mensch gehört hätt', so müßt' ich mich ja *stante pede* [4] erschießen... Vielleicht ist es doch ein Traum gewesen... Warum schaut mich denn der Herr dort an der Säule so an ? — hat der am End' was gehört ?... Ich werd' ihn fragen... Fragen ? — Ich bin ja verrückt ! — Wie schau' [5] ich denn aus ? — Merkt man mir was an [6] ? — Ich muß ganz blaß [7] sein. — Wo ist der Hund ? ... Ich muß ihn umbringen [8] !... Fort ist er... Überhaupt [9] schon ganz leer... Wo ist denn mein Mantel ?... Ich hab' ihn ja schon angezogen [10]... Ich hab's gar nicht gemerkt... Wer hat mir denn geholfen ?... Ah, der da... dem muß ich ein Sechserl [11] geben... So !... Aber was ist denn das ? Ist es denn wirklich gescheh'n ? Hat wirklich einer so zu mir geredet ? Hat mir wirklich einer »dummer Bub« gesagt ? Und ich hab' ihn nicht auf der Stelle [12] zusammengehauen ?... Aber ich hab' ja nicht können... er hat ja eine Faust gehabt wie Eisen... ich bin ja dagestanden wie angenagelt... Nein, ich muß den Verstand verloren gehabt haben, sonst hätt' ich mit der anderen Hand...

---

1. **Gleich'**, adv. **:** *tout de suite* ; **bis gleich ! :** *à tout à l'heure !* ; sinon **gleich**, adj., signifie *égal, pareil, identique* ; cf. **auf gleiche Weise :** *de la même manière*
2. **Ich hab's ja nicht können :** pour **ich habe es nicht gekonnt**.
3. **'Auslassen (ie, a, ä) :** *sauter, passer, omettre* ; ici : *lâcher.*
4. ***Stande pede*** **:** lat. ≈ alld **auf der Stelle :** *sur-le-champ.*
5. **'Ausschauen :** syn. de **'aussehen :** *avoir l'air de.*
6. **Jdm etw. (Ärger, Unruhe) 'anmerken :** *voir que qqn est (en colère, inquiet), lire (la colère, l'inquiétude) sur le visage de qqn.*
7. **Blaß :** *pâle, blême, livide* ; cf. également **der blasse Neid :** *la jalousie pure.*
8. **'Umbringen (a, a) :** *tuer, faire mourir* ; **sich umbringen :** *se tuer,*

Non, ce n'est pas possible, ce n'est pas possible. C'est tout de suite que j'aurais dû le faire... Mais pourquoi ne l'ai-je pas fait tout de suite ?... Je n'ai pas pu, c'est tout !... Il n'a pas lâché le pommeau de mon sabre, et il est dix fois plus fort que moi. Si j'avais ajouté un seul mot, il me l'aurait vraiment brisé, mon sabre... Je peux m'estimer heureux qu'il n'ait pas parlé à voix haute ! Si quelqu'un l'avait entendu, il ne me resterait plus qu'à me brûler la cervelle sur-le-champ... Mais peut-être cela n'a-t-il été qu'un rêve ?... Pourquoi ce monsieur, là-bas, adossé à la colonne, me regarde-t-il ainsi ? Aurait-il entendu quelque chose ?... Je vais le questionner... Questionner ? Ah, je suis complètement fou ! De quoi ai-je l'air ? Peut-être que quelque chose en moi me trahit ? Je dois être blanc comme un linge. Où est cette canaille ?... Il faut que je le tue !... Parti... Il est parti ! D'ailleurs tout est déjà désert... Où est mon manteau ?... Je l'ai déjà sur moi... Je ne m'en étais même pas aperçu... Qui m'a donc aidé à le mettre ?... Ah, lui, là ? Il faut que je lui donne la pièce... Voilà !... Mais enfin, qu'est-ce que ça veut dire ? Est-ce vraiment arrivé ! Quelqu'un m'a-t-il vraiment parlé comme ça ? Quelqu'un m'a-t-il vraiment traité de « Petit imbécile ! » ? Et je ne l'ai pas taillé en pièces sur-le-champ ?... Mais c'est que je n'ai pas pu... Il avait une poigne de fer... Je suis resté là, immobile, comme cloué sur place... Non, je dois avoir perdu l'esprit, sinon avec l'autre main, j'aurais...

---

se suicider ; **sich für jdn umbringen :** fam., *se mettre en quatre pour qqn.*

9. **Überhaupt :** *généralement, en tout état de cause, après tout* ; **überhaupt nicht :** *pas du tout, absolument pas* ; souvent, dans les questions, ce mot ne se traduit pas, comme, par ex., dans **wie konnte das überhaupt passieren ? :** *comment cela a-t-il pu arriver ?* Il est alors syn. de **eigentlich :** *à vrai dire, en fait, à proprement parler, au fond.*
10. **Angezogen :** de **'anziehen (o, o)** ; **sich anziehen :** *s'habiller* ; **sich 'ausziehen :** *se déshabiller* ; **sich 'umziehen :** *se changer.*
11. **Ein Sechserl :** pièce de monnaie autr. d'une valeur de six kreu(t)zers ; c'est ainsi que, plus tard, on appela la pièce de vingt **Heller**, soit vingt *deniers.*
12. **Auf der Stelle :** cf. supra, n. 4.

Aber da hätt' er ja meinen Säbel herausgezogen und zerbrochen, und aus [1] wär's gewesen — alles wär' aus gewesen ! Und nachher, wie er fortgegangen ist, war's zu spät... ich hab' ihm doch nicht den Säbel von hinten in den Leib rennen [2] können.

Was, ich bin schon auf der Straße [3] ? Wie bin ich denn da herausgekommen ? So kühl [4] ist es... ah, der Wind, der ist gut... Wer ist denn das da drüben ? Warum schau'n denn die zu mir herüber ? Am Ende haben die was gehört... Nein, es kann niemand was gehört haben... ich weiß ja, ich hab' mich gleich nachher umgeschaut ! Keiner hat sich um mich gekümmert [5], niemand hat was gehört... Aber gesagt hat er's, wenn's auch niemand gehört hat ; gesagt hat er's doch. Und ich bin dagestanden und hab' mir's gefallen lassen, wie wenn [6] mich einer vor den Kopf geschlagen [7] hätt' !... Aber ich hab' ja nichts sagen können, nichts tun können ; es war ja noch das einzige [8], was mir übrig geblieben ist : stad sein, stad sein !... 's ist fürchterlich [9], es ist nicht zum Aushalten [10] ; ich muß ihn totschlagen, wo ich ihn treff' !... Mir sagt das einer ! Mir sagt das so ein Kerl, so ein Hund ! Und er kennt mich... Herrgott noch einmal, er kennt mich, er weiß, wer ich bin !... Er kann jedem Menschen erzählen [11], daß er mir das g'sagt hat !... Nein, nein, das wird er ja nicht tun, sonst hätt' er auch nicht so leise geredet... er hat auch nur wollen [12], daß ich es allein hör' !...

---

1. **Aus :** *fini, terminé* ; **der Krieg ist aus :** *la guerre est finie* ; **es ist zwischen uns aus :** *c'est fini entre nous.*
2. **In den Leib rennen (a, a) :** attention, **rennen (a, a)**, vb. intr. (par ex. **in sein Verderben rennen :** *courir à sa perte*), est employé ici transitivement, dans le sens de *précipiter (qqch.) dans*, cf. l'expr. **jdn über den Haufen rennen :** *renverser qqn.*
3. **Auf der Straße :** *dans la rue* ; **auf offener Straße :** *en pleine rue, sur la voie publique* ; **auf die Straße setzen/werfen :** *flanquer à la porte, jeter à la rue.* Attention ! **auf die Straße gehen** signifie *descendre dans la rue* (pour manifester) et *se prostituer.* Cf. également **der Mann auf der Straße :** *l'homme de la rue.*
4. **Kühl :** *frais* ; fig. *froid* ; **ein kühler Blick, Empfang :** *un regard, un accueil froid.*
5. **Sich um etw. + A. kümmern :** *se soucier de qqch.*
6. **Wie wenn :** autr., fam., ≈ alld **als ob :** *comme si.*
7. **Vor den Kopf schlagen (u, a, ä) :** cf. l'expr. **ich bin wie vor**

Mais il aurait tiré mon sabre et il l'aurait brisé, et ç'aurait été fini ! Tout aurait été fini ! Et après, quand il est parti, il était trop tard... Je ne pouvais quand même pas l'attaquer de dos et l'embrocher !

Quoi ? Je suis déjà dans la rue ? Comment ai-je donc fait pour me retrouver là ? Il fait si frais... Ah, le vent, il fait du bien... Qui sont ces gens là-bas ? Mais pourquoi est-ce qu'ils me regardent comme ça, ceux-là ? Peut-être ont-ils entendu quelque chose ?... Non, personne ne peut avoir entendu quoi que ce soit... Je le sais, tout de suite après, je me suis retourné ! Personne ne s'est soucié de moi, personne n'a entendu quoi que ce soit... Mais il l'a bel et bien dit, même si personne ne l'a entendu. Et je n'ai pas bougé, et je l'ai laissé dire, tant j'étais sidéré... Mais je n'ai rien pu dire, rien pu faire ; c'était la seule chose qui me reste à faire : me taire, rester tranquille !... C'est affreux, ce n'est pas supportable ; il faut que je l'abatte, où que je le rencontre ! À moi ! Quelqu'un ose me dire ça, à moi ! Une pareille canaille, un moins-que-rien ! Et il me connaît, en plus... Nom de Dieu de nom de Dieu, il me connaît, il sait qui je suis !... Il peut raconter à qui veut l'entendre qu'il m'a dit ça ! Non, non ! Il ne va pas faire ça ! Ce n'est pas possible ! Sinon, il n'aurait pas parlé si bas... En fait, ce qu'il voulait, c'était que je sois le seul à l'entendre.

---

den Kopf geschlagen : *les bras m'en tombent ; j'en suis tout interdit.*

8. **Das einzige** ; de **einzig :** *seul, unique* ; **das einzige Kind :** *l'enfant unique* ; **einzig und allein :** *uniquement, purement et simplement.*
9. **Fürchterlich :** *terrible, affreux, épouvantable* ; cf. **eine fürchterliche Katastrophe :** *une catastrophe effroyable.*
10. **(Es ist) nicht zum Aushalten :** *c'est à n'y plus tenir, ce n'est plus tenable* ; de **'aushalten (ie, a, ä) :** *supporter, endurer* ; cf. **sie hatten Hunger, Schmerzen, Strapazen auszuhalten :** *ils devaient supporter, endurer, la faim, les douleurs, la fatigue* ; également **jds Blick aushalten :** *soutenir le regard de qqn.*
11. **Jdm etw. er'zählen :** *raconter qqch à qqn* ; ici dans le sens de **jdm etw. 'weitererzählen** (comme **'mitteilen :** *communiquer*) **:** *répéter qqch. (rapporter des propos) à qqn.*
12. **Wollen :** autr., ≈ alld **gewollt**.

Aber wer garantiert [1] mir, daß er's nicht doch erzählt, heut' oder morgen, seiner Frau, seiner Tochter, seinen Bekannten im Kaffeehaus. — Um Gottes willen, morgen seh' ich ihn ja wieder ! Wenn ich morgen ins Kaffeehaus komm', sitzt er wieder dort wie alle Tag' und spielt seinen Tapper [2] mit dem Herrn Schlesinger und mit dem Kunstblumenhändler... Nein, nein, das geht ja nicht, das geht ja nicht... Wenn ich ihn seh', so hau' ich ihn zusammen... Nein, das darf ich ja nicht... gleich hätt' ich's tun müssen, gleich !... Wenn's nur gegangen wär' ! Ich werd' zum Obersten geh'n und ihm die Sache melden [3]... ja, zum Obersten... Der Oberst ist immer sehr freundlich — und ich werd' ihm sagen : Herr Oberst, ich melde gehorsamst [4], er hat den Griff gehalten, er hat ihn nicht aus'lassen ; es war genau so, als wenn ich ohne Waffe gewesen wäre... — Was wird der Oberst sagen ? — Was er sagen wird ? — Aber da gibt's ja nur eins : quittieren [5] mit Schimpf und Schand' — quittieren !... Sind das Freiwillige [6] da drüben ?... Ekelhaft [7], bei der Nacht schau'n sie aus, wie Offiziere... sie salutieren [8] ! — Wenn die wüßten — wenn die wüßten !... — Da ist das Café Hochleitner... Sind jetzt gewiß ein paar Kameraden drin... vielleicht auch einer oder der andere, den ich kenn'... Wenn ich's dem ersten Besten [9] erzählen möcht', aber so, als wär's einem andern passiert ?... — Ich bin ja schon ganz irrsinnig... Wo lauf' ich denn da herum ? Was tu' ich denn auf der Straße ?

---

1. **Garantieren :** du fr. *garantir* ; **ich garantiere Ihnen, daß... :** *je vous garantis que...* ; cf. également **für jdn, etw. garantieren :** *se porter garant de qqn, de qqch., répondre de qqn, de qqch.*
2. **Seinen Tapper spielen :** cf. **Tapper**, également **Tappen** ou **das Tapp**, jeu de cartes, analogue au **Skat** ; cf. **der Skat (e, s) :** *le skat, l'écart* (**beiseitegelegte Karten**). Comparable à **der** ou **das Tarock**.
3. **Melden :** *rapporter* ; cf. **sich melden :** *donner de ses nouvelles* et, infra, la note suivante.
4. **Ich melde gehorsamst :** expr. militaire toute faite prononcée par un soldat de tout grade, lorsqu'il se présente au rapport à un supérieur. **Gehorsamst** est le superlatif (adverbial et abrégé) de l'adj. **gehorsam :** *obéissant, docile, soumis* ; à ne pas confondre avec **der Gehorsam**, le subst. : *l'obéissance, la docilité, la soumission.*

Mais qui me garantit qu'il ne va pas le raconter quand même, aujourd'hui ou demain, à sa femme, à sa fille, au café ? Mon Dieu, quand je pense que je vais le revoir demain ! Quand j'arriverai demain au café, il y sera installé comme chaque jour, et jouera au tarot avec Monsieur Schlesinger et le marchand de fleurs artificielles... Non, non ! C'est inadmissible ! C'est inadmissible ! Si je le vois, je le démolis... Non, je n'en ai pas le droit... C'est tout de suite que j'aurais dû le faire, tout de suite ! Ah, si cela avait été possible ! Je vais aller voir le colonel pour lui faire mon rapport et lui rendre compte de l'affaire... Oui, le colonel. Le colonel est toujours très aimable avec moi. Je lui dirai : Mon colonel ! Au rapport ! À vos ordres ! Je déclare qu'il a tenu le pommeau de mon sabre, qu'il ne l'a pas lâché ; c'était exactement comme si j'avais été désarmé... Qu'est-ce qu'il va dire, le colonel ? Ce qu'il va dire ? Mais qu'il n'y a qu'une seule issue : quitter l'armée dans la honte et le déshonneur ! Quitter l'armée !... Ce sont des volontaires, là-bas ? C'est écœurant ! La nuit, ils ressemblent à des officiers... Ils font le salut militaire ! S'ils savaient ! S'ils savaient ! Ah, voilà le café Hochleitner... Il y a certainement quelques-uns de mes camarades dedans... Peut-être y en a-t-il un ou deux que je connais. Et si j'allais raconter l'affaire à l'un d'entre eux, au hasard, mais comme si l'aventure était arrivée à un autre ?... Voilà que je suis déjà complètement dément... Qu'ai-je donc à errer comme ça? Qu'est-ce que je fais donc dans la rue ?

---

5. **Quittieren :** cf. l'expr. **den, seinen Dienst quittieren** (vx) : *quitter, abandonner, son service, sa fonction* ; sinon *acquitter, quittancer* (facture, compte, livraison), *attester* (par écrit) ; cf. **die Quittung :** *la quittance, le reçu.*
6. **Der Freiwillige : :** *le volontaire* (milit.) ; cf. l'adj. **freiwillig :** *volontaire, bénévole, spontané* ; et **die freiwillige Feuerwehr :** *corps de pompiers volontaires.*
7. **Ekelhaft :** *dégoûtant, répugnant*, de **der Ekel :** *le dégoût, la répulsion.*
8. **Salutieren :** vx, encore autr., *faire le salut militaire* (en portant la main à son chef).
9. **Der erste Beste :** *le premier venu* ; **der Beste :** *le meilleur* ; cf. les expr. **in den besten Jahren :** *dans la force de l'âge* et **jdn zum besten haben/halten :** *se moquer de qqn.*

— Ja, aber wo soll ich denn hin ? Hab' ich nicht zum Leidinger wollen [1] ? Haha, unter [2] Menschen mich niedersetzen... ich glaub', ein jeder müßt' mir's anseh'n... Ja, aber irgendwas muß doch gescheh'n... Was soll denn gescheh'n ?... Nichts, nichts — es hat ja niemand was gehört... es weiß ja niemand was... in dem Moment [3] weiß niemand was... Wenn ich jetzt zu ihm in die Wohnung ginge und ihn beschwören [4] möchte, daß er's niemandem erzählt ?... — Ah, lieber gleich eine Kugel vor den Kopf [5], als so was !... Wär' so das Gescheiteste [6] !... Das Gescheiteste ? Das Gescheiteste ? — Gibt ja überhaupt nichts anderes... gibt nichts anderes... Wenn ich den Oberst fragen möcht', oder den Kopetzky — oder den Blany — oder den Friedmair : — jeder möcht' sagen : Es bleibt dir nichts anderes übrig !... Wie wär's, wenn ich mit dem Kopetzky spräch' ?... Ja, es wär' doch das Vernünftigste... schon wegen morgen... Ja, natürlich — wegen morgen... um vier in der Reiterkasern'... ich soll mich ja morgen um vier Uhr schlagen [7]... und ich darf's ja nimmer, ich bin satisfaktionsunfähig [8]... Unsinn [9] ! Unsinn ! Kein Mensch weiß was, kein Mensch weiß was ! — Es laufen viele herum, denen ärgere [10] Sachen passiert sind, als mir... Was hat man nicht alles von dem Deckener erzählt, wie er sich mit dem Rederow geschossen hat [11]... und der Ehrenrat hat entschieden, das Duell darf stattfinden.

---

1. **Hab' ich nicht zum Leidinger wollen :** pour **habe ich nicht zum Leidinger gehen wollen** ; l'idée de direction étant donnée par la prép. **zu**, le vb. **gehen** (**gehen zu :** *aller vers*) est ici sousentendu.
2. **Unter** + D. **:** préposition qui signifie *sous*, mais aussi, comme ici, *parmi* ; cf. **der Brief be'fand sich unter seinen Papieren :** *la lettre se trouvait parmi/au milieu de ses papiers.*
3. **Der Moment (-e) :** *le moment* ; à ne pas confondre avec **das Moment (-e) :** *le facteur.*
4. **Be'schwören (o, o) :** *jurer, conjurer, charmer* (serpents), *invoquer* (esprits), *évoquer* (passé).
5. **Eine Kugel vor den Kopf :** cf., fam., **sich eine Kugel durch, in den Kopf schießen, jagen :** *se tirer une balle dans la tête* ; cf. également l'expr. (qui vient du jeu de quilles) **eine ruhige Kugel schieben :** *se tourner les pouces, se la couler douce.*
6. **Das Gescheiteste :** adj. substantivé, au superlatif, de **gescheit :** *judicieux, sensé* ; **aus etw. nicht gescheit werden :** *ne rien comprendre à qqch., y perdre son latin.*

Oui, mais où dois-je aller ? N'avais-je pas l'intention d'aller chez Leidinger ? Dois-je aller m'asseoir parmi d'autres gens... Je crois que tout le monde s'apercevrait de quelque chose... Oui, mais il faut bien quand même que quelque chose se passe... Que doit-il donc se passer ? Rien, rien — personne n'a rien entendu... Personne ne sait quoi que ce soit... Personne, à l'heure qu'il est, ne se doute de rien. Et si j'allais le trouver chez lui, à son domicile, et le conjurais de ne souffler mot de l'affaire à quiconque ?... Ah, plutôt me loger une balle dans la tête tout de suite que de faire une chose pareille !... Une balle dans la tête : c'est ce qu'il y aurait de plus intelligent à faire. De plus intelligent ? De plus intelligent ? Mais c'est qu'il n'y a rien d'autre à faire, de toute façon... Rien d'autre à faire... Si je demandais au colonel, ou à Kopetzky, ou à Blány, ou à Friedmair, ils me répondraient tous : « Tu n'as pas le choix ! »... Et si j'en parlais à Kopetzky ?... Tiens, ce serait bien le plus raisonnable !... Ne serait-ce qu'à cause de demain... Oui, évidemment, demain, à la caserne de cavalerie... Je me bats à quatre heures demain... Et je n'ai plus le droit de le faire : on ne peut plus me demander réparation par les armes ! Quelle bêtise ! Mais quelle bêtise ! Personne n'est au courant de quoi que ce soit ! Personne ! J'en connais qui se promènent dans la rue, à qui il est arrivé des choses plus graves qu'à moi ! Que n'a-t-on pas raconté à propos de Deckener lorsqu'il s'est battu avec Rederow... Et le conseil d'honneur a décidé que le duel pouvait avoir lieu...

---

7. **Sich schlagen (u, a, ä) :** *se frapper, se battre* (ici : *en duel*) ; **sich um etw. schlagen :** *se battre* (pour obtenir qqch., par ex. *des places* : **Eintrittskarten**) ; **sich geschlagen geben :** *s'avouer vaincu.*
8. **Satisfaktionsunfähig :** formé d'après **satisfaktionsfähig :** *(qqn) à qui l'on peut donner réparation par les armes* ; cf. **Satisfaktion fordern :** *demander réparation.*
9. **Unsinn ! :** de **der Unsinn :** *la sottise, l'absurdité.* **Es wäre Unsinn, zu glauben, daß das funktioniert :** *il serait absurde de croire que cela fonctionne, marche.* Cf. également **unsinnig :** *insensé, absurde.*
10. **Ärgere :** comparatif relatif de **arg :** *mauvais* ; cf. **sein ärgster Feind :** *son pire ennemi, son ennemi juré.*
11. **Sich mit dem Rederow geschossen hat :** litt. *se tirer*, c.-à-d. *se battre en utilisant une arme à feu* ; expr. calquée sur **sich schlagen mit jdm :** *se battre avec.*

... Aber wie möcht' der Ehrenrat bei mir entscheiden ? — Dummer Bub — dummer Bub... und ich bin dagestanden —! heiliger Himmel, es ist doch ganz egal, ob ein anderer was weiß !... *ich* weiß es doch, und das ist die Hauptsache [1] ! *Ich* spür', daß ich jetzt wer anderer bin, als vor einer Stunde — *Ich* weiß, daß ich satisfaktionsunfähig bin, und darum muß ich mich totschießen [2]... Keine ruhige Minute hätt' ich mehr im Leben... immer hätt' ich die Angst, daß es doch einer erfahren [3] könnt', so oder so... und daß mir's einer einmal ins Gesicht sagt, was heut' abend gescheh'n ist ! — Was für ein glücklicher Mensch bin ich vor einer Stund' gewesen... Muß mir der Kopetzky die Karte schenken — und die Steffi muß mir absagen [4], das Mensch [5] ! — Von so was hängt man ab [6]... Nachmittag war noch alles gut und schön, und jetzt bin ich ein verlorener Mensch und muß mich totschießen... Warum renn' ich denn so ? Es lauft [7] mir ja nichts davon... Wieviel schlagt's [8] denn ?... 1, 2, 3, 4, 5, 6, 7, 8, 9, 10, 11... elf, elf... ich sollt' doch nachtmahlen geh'n ! Irgendwo muß ich doch schließlich [9] hingeh'n... ich könnt' mich ja in irgendein Beisl [10] setzen, wo mich kein Mensch kennt — schließlich, essen muß der Mensch, auch wenn er sich nachher gleich totschießt... Haha, der Tod ist ja kein Kinderspiel... wer hat das nur neulich gesagt ?... Aber das ist ja ganz egal...

---

1. **Das ist die Hauptsache ! :** *c'est le principal !* fam. ; **auf die Hauptsache, zur Sache kommen :** *en venir au fait.*
2. **Sich 'totschießen (o, o) :** fam., *se tuer* (par balle).
3. **Er 'fahren (u, a) :** *apprendre, savoir* ; cf. **ich habe es am eigenen Leibe erfahren :** *je suis payé pour le savoir.*
4. **'Absagen :** *se décommander* (verbalement), *se dédire* ; cf. supra, la n. 12, p. 19 ; **die Absage (-n) :** *la réponse négative, le refus* ; à ne pas confondre avec **die Ansage (-n) :** *l'annonce* ; cf., pour mémoire, **der Ansager (-), die Ansagerin (-nen) :** *le présentateur, la présentatrice, la speakerine* (télévision).
5. **Das Mensch (-er) :** péj. *la créature* ; genre et pl. rares pour **Mensch**, qui est normalement un masc. faible, **der Mensch (-en) :** *l'être humain, l'homme.*

Mais que pourrait bien décider le conseil d'honneur dans mon cas ? Petit imbécile ! Petit imbécile ! Et je n'ai pas bronché ! Dieu du ciel ! Qu'est-ce que ça peut bien faire que quelqu'un sache quelque chose ou non... Je le sais, moi, et c'est cela qui compte ! Je sens, moi, que je ne suis plus le même qu'il y a une heure. Je sais, moi, que je ne suis pas digne de me battre, et que c'est pour ça que je dois me supprimer... Sinon, je n'aurais plus, de ma vie, une seule minute de répit... Toujours j'aurais peur que quelqu'un l'apprenne quand même, d'une manière ou d'une autre... Et que quelqu'un me jette au visage ce qui est arrivé ce soir ! Quel homme heureux j'étais, il y a seulement une heure... Il a fallu que Kopetzky m'offre cette place et que cette garce de Steffi se décommande, voilà à quoi tiennent les choses... Cet après-midi, tout allait encore pour le mieux, et maintenant je suis un homme perdu et je dois me supprimer... Pourquoi est-ce que je cours comme ça ? Il n'y a pas de raison que je coure comme ça ?... Quelle heure est-il ? Une, deux, trois, quatre, cinq, six, sept, huit, neuf, dix... onze, onze heures... Il faudrait tout de même que je songe à aller dîner ! Il faut bien que j'aille quelque part... Je pourrais aller dans n'importe quelle gargote, dans un endroit où personne ne me connaît ; finalement, il faut bien que l'homme mange, même s'il doit se tirer une balle juste après... Hah ! Ha ! La mort n'est pas un jeu d'enfant... Qui donc a dit cela récemment ?... Mais après tout, quelle importance...

---

6. **Von so was hängt man ab :** de **von etw. ˈabhängen (i, a) :** *dépendre de.* **Das hängt von den Umständen, vom Wetter ab :** *cela dépend des circonstances, du temps.*
7. **Lauft :** pour **läuft**, de **laufen (ie, au, äu)**. Attention ! L'expr. est syn. de **ich verˈsäume nichts :** *je ne manquerai, ne raterai rien* ; sous-entendu *ce n'est pas parce que je courrai comme ça que qqch. m'échappera, que je raterai qqch.*
8. **Schlagt's :** pour **schlägt es**.
9. **Schließlich :** *finalement* ; à ne pas confondre avec **endlich :** *enfin* ; ni avec l'expr. autr. fam. **am Ende, am End' :** *peut-être.*
10. **Beisl : das Beisl**, aussi **Beisel (-) :** *la taverne, la gargotte,* ≈ alld **die Kneipe (-n).**

Ich möcht' wissen, wer sich am meisten kränken[1] möcht' ?... die Mama, oder die Steffi ?... die Steffi... Gott, die Steffi... die dürft' sich ja nicht einmal was anmerken lassen, sonst gibt »er« ihr den Abschied... Arme Person ! — Beim Regiment — kein Mensch hätt' eine Ahnung, warum ich's getan hab'... sie täten[2] sich alle den Kopf zerbrechen... warum hat sich denn der Gustl umgebracht ? — Darauf möcht' keiner kommen[3], daß ich mich hab' totschießen müssen, weil ein elender Bäckermeister, so ein niederträchtiger[4], der zufällig stärkere Fäust' hat... es ist ja zu dumm, zu dumm ! — Deswegen soll ein Kerl wie ich, so ein junger, fescher[5] Mensch... Ja, nachher möchten's gewiß alle sagen : das hätt' er doch nicht tun müssen, wegen so einer Dummheit ; ist doch schad' !... Aber wenn ich jetzt wen immer fragen tät'[6], jeder möcht' mir die gleiche Antwort geben... und ich selber, wenn ich mich frag'... das ist doch zum Teufelholen[7]... ganz wehrlos sind wir gegen die Zivilisten[8]... Da meinen die Leut', wir sind besser dran, weil wir einen Säbel haben... und wenn schon einmal einer von der Waffe Gebrauch macht[9], geht's über uns her[10], als wenn wir alle die geborenen Mörder wären... In der Zeitung möcht's auch steh'n : ... »Selbstmord eines jungen Offiziers«... Wie schreiben sie nur immer ?... »Die Motive sind in Dunkel gehüllt[11]«... Haha ! »An seinem Sarge trauern«...

---

1. **Sich kränken :** style soutenu (vx) : *éprouver du chagrin* ; cf. supra, n. 1, p. 24.
2. **Sie täten zerbrechen :** ≈ alld **sie würden zerbrechen** de **zer'brechen (a, o, i) :** *briser, mettre en pièces* ; cf. l'expr. **sich den Kopf zerbrechen :** *se creuser la tête, la cervelle.*
3. **Auf** + A. **etw kommen (a, o) :** *trouver qqch., avoir l'idée de.* **Wie kommen Sie darauf ? :** *qu'est-ce qui vous a donné cette idée ?* Cf. également, dans un autre registre, **dies kommt auf die Rechnung :** *on mettra ça sur la facture.* A ne pas confondre avec **auf etw.** (A.) **'ankommen :** *dépendre de.*
4. **Niederträchtig :** *vil, méprisable, abject* ; **ein niederträchtiger Charakter :** *un caractère méprisable* ; **eine niederträchtige Verleumdung :** *une abjecte calomnie.*
5. **Fesch :** *chic, pimpant, coquet.*
6. **Fragen tät' :** pour **fragen täte**, autr., ≈ alld **fragen würde**.

J'aimerais savoir qui aurait le plus de chagrin ?... Maman ou Steffi ?... Steffi ! Mon Dieu, Steffi !... Elle n'aurait pas intérêt à montrer sa peine, car « il » la congédierait... Pauvre fille ! Dans mon régiment, personne ne saurait pour quelle raison j'ai fait cela... Ils se creuseraient tous la tête... Pourquoi Gustel s'est-il tué ? Il ne viendrait à l'esprit de personne que j'aie pu me tirer une balle parce qu'un misérable boulanger, un homme abject dont le hasard a voulu qu'il soit plus fort que moi... C'est vraiment trop bête, trop bête ! Et c'est pour ça qu'un garçon comme moi, jeune, fringant... Oui, après, ils diraient tous sûrement : « Il n'aurait pas dû faire ça, pour une vétille pareille, quel dommage tout de même !... » Mais quel que soit celui à qui je pose la question, je recevrai toujours la même réponse... Et si je me la pose à moi, la question... Que le diable les emporte, ces civils, face auxquels nous sommes sans défense... Et les gens pensent que nous avons la part plus belle, parce que nous avons un sabre... Et si nous faisons usage de notre arme, on nous tombe dessus, comme si nous étions tous des assassins-nés... Si je disparaissais, on lirait dans le journal : « Suicide d'un jeune officier »... Qu'est-ce qu'ils mettent dans ces cas-là ?... « Les mobiles restent mystérieux »... Ha ! Ha ! « Sur sa dépouille se recueillent... »

---

7. **Das ist doch zum Teufel holen :** cf. l'expr. **hol', hole dich der Teufel ! Der Teufel soll dich holen ! :** *Que le diable t'emporte !* ; et **man darf den Teufel nicht an die Wand malen ! :** *il ne faut pas tenter le diable !*
8. **Der Zivilist (-en) :** *le civil.* **Ein Zivilist** est aussi *qqn qui ne porte pas l'uniforme.*
9. **Gebrauch machen von :** *faire usage de, user de*, par ex. d'une *arme à feu* : **Schußwaffe** ; d'un *droit* : **Recht** ; d'une *information* : **Mitteilung**.
10. **Geht's über uns her :** ici *tomber dessus* est à prendre dans le sens d'*accabler*, de *critiquer* (sans ménagement) *qqn*, non de *se précipiter sur lui* ; pour **es geht über uns her** : de **über jdn 'hergehen (i, a) :** fam., *critiquer, dire pis que pendre de qqn.*
11. **In Dunkel gehüllt :** de **hüllen in** + A. **:** *envelopper dans* ; cf. également l'expr. **in Hülle und Fülle :** *en abondance.*

— Aber es ist ja wahr... mir ist immer, als wenn [1] ich mir eine Geschichte erzählen möcht'... aber es ist wahr... ich muß mich umbringen, es bleibt mir ja nichts anderes übrig — ich kann's ja nicht drauf ankommen lassen [2], daß morgen früh der Kopetzky und der Blany mir ihr Mandat zurückgeben und mir sagen : wir können dir nicht sekundieren [3] !... Ich wär' ja ein Schuft, wenn ich's ihnen zumuten [4] möcht'... So ein Kerl wie ich, der dasteht und sich einen dummen Buben heißen läßt... morgen wissen's ja alle Leut'... das ist zu dumm, daß ich mir einen Moment einbilde [5], so ein Mensch erzählt's nicht weiter... überall wird er's erzählen... seine Frau weiß's jetzt schon... morgen weiß es das ganze Kaffeehaus... die Kellner werd'n's [6] wissen... der Herr Schlesinger — die Kassierin. — Und selbst wenn er sich vorgenommen hat, er red't nicht davon, so sagt er's übermorgen... und wenn er's übermorgen nicht sagt, in einer Woche... Und wenn ihn heut nacht der Schlag trifft [7], so weiß ich's... ich weiß es... und ich bin nicht der Mensch, der weiter den Rock trägt [8] und den Säbel, wenn ein solcher Schimpf auf ihm sitzt !... So, ich muß es tun, und Schluß ! — Was ist weiter dabei ? — Morgen nachmittag könnt' mich der Doktor mit 'm [9] Säbel erschlagen... so was ist schon einmal dagewesen... und der Bauer, der arme Kerl, der hat eine Gehirnentzündung 'kriegt [10] und war in drei Tagen hin [11]... und der Brenitsch ist vom Pferd gestürzt und hat sich 's Genick [12] gebrochen... und schließlich und endlich : es gibt nichts anderes — für mich nicht, für mich nicht !

---

1. **Als wenn :** autr., ≈ alld **als ob**.
2. **Es auf** + A. **'ankommen lassen (ie, a, ä) :** *ne pas reculer devant, risquer qqch.* Cf. **er möchte es nicht auf einen Prozeß (Kampf) ankommen lassen :** *il ne voudrait pas courir le risque d'un procès (combat).*
3. **Jdm sekundieren :** du fr. *seconder,* ≈ alld, style soutenu, **jdm bei einem Duell als Berater und Zeuge persönlich 'beistehen :** *soutenir qqn, lors d'un duel, en tant que conseiller et témoin* ; cf. **seinem Freund sekundieren :** *seconder son ami.*
4. **Jdm etw. 'zumuten :** *demander, exiger qqch. de qqn* ; cf. **er hat sich zuviel zugemutet :** *il a présumé de ses forces.*
5. **Sich etw. 'einbilden :** *s'imaginer, se figurer, se faire des idées* ; **sich viel auf etw. (seine Kenntnisse) einbilden :** *se piquer de, tirer vanité de (ses connaissances)* ; **eingebildet sein :** *être vaniteux.*

— Mais c'est que c'est vrai, tout ça... J'ai toujours l'impression que je suis en train de raconter une histoire... Il faut que je me donne la mort, je n'ai pas le choix. Je ne peux pas prendre le risque que demain à l'aube Kopetzky et Blany refusent d'être mes témoins et me disent : « Nous ne pouvons pas te seconder !... » Je serais un misérable si j'exigeais ça d'eux... Un individu comme moi, qui, sans broncher, se laisse traiter de « petit imbécile ! »... Demain, tout le monde sera au courant... Tout le monde ! Je suis vraiment naïf d'imaginer un seul instant qu'un homme comme lui ne va pas aller colporter ça partout... Oui, partout... Sa femme le sait déjà, à l'heure qu'il est... Demain, tout le café le saura... Les garçons de café le sauront... Monsieur Schlesinger, la caissière. Et même s'il a pris le parti de n'en rien dire, il le dira après-demain... Et même s'il ne le dit pas après-demain, il parlera dans une semaine... Et si cette nuit il meurt d'un attaque d'apoplexie, moi, je le sais... Et je ne suis pas homme à porter l'uniforme et le sabre, si une telle offense pèse sur moi ! Bon, il faut que je le fasse, c'est tout ! Ce n'est pas la mer à boire ! Ça se pourrait que demain après-midi le docteur me tue d'un coup de sabre... C'est déjà arrivé, ça... Et Bauer ? Pauvre garçon ! Emporté par une méningite ! En trois jours... Et Brenitsch qui s'est cassé le cou en faisant une chute de cheval ?... Non, inutile de tourner en rond, il n'y a pas d'autre issue. Je n'ai pas le choix, pas le choix !

---

6. **Werd'n's :** pour **werden es**.
7. **Der Schlag trifft jdn :** *qqn a une attaque* ; de **treffen (a, o, i) :** *atteindre, toucher* ; **der Schlag (¨e) :** *le coup* (ici : *de sang*), *l'attaque (d'apoplexie)*.
8. **Den Rock tragen (u, a, ä) :** de **der Rock (¨e) :** *la veste* (homme), *la jupe* (femme), *l'habit, le frac*, ici *l'uniforme*.
9. **Mi'm :** pour **mit dem**.
10. **'Kriegt :** pour **gekriegt**, de **kriegen :** fam., *recevoir, attraper, avoir* ; cf. **be'kommen :** mêmes sens.
11. **War in drei Tagen hin : hin** : qui indique un mouvement d'éloignement à partir de la personne qui parle, signifie *parti*, donc, dans ce contexte *mort* ; cf. **meine Ruhe ist hin :** *c'en est fini de mon repos*.
12. **'S Genick :** pour **das Genick**.

— Es gibt ja Leut', die's leichter nähmen[1]... Gott, was gibt's für Menschen !... Dem Ringeimer hat ein Fleischselcher[2], wie[3] er ihn mit seiner Frau erwischt[4] hat, eine Ohrfeige gegeben, und er hat quittiert und sitzt irgendwo auf'm[5] Land und hat geheiratet... Daß es Weiber gibt, die so einen Menschen heiraten !... — Meiner Seel', ich gäb' ihm nicht die Hand, wenn er wieder nach Wien käm'... Also, hast's gehört, Gustl : — aus, aus, abgeschlossen mit dem Leben ! Punktum und Streusand drauf[6] !... So, jetzt weiß ich's, die Geschichte ist ganz einfach... So ! Ich bin eigentlich ganz ruhig... Das hab' ich übrigens immer gewußt : wenn's einmal dazu kommt[7], werd' ich ruhig sein, ganz ruhig... aber daß es so dazu kommt, das hab' ich doch nicht gedacht... daß ich mich umbringen muß, weil so ein... Vielleicht hab' ich ihn doch nicht recht verstanden... am End' hat er ganz was anderes gesagt... Ich war ja ganz blöd von der Singerei und der Hitz'... vielleicht bin ich verrückt gewesen, und es ist alles gar nicht wahr ?... Nicht wahr, haha, nicht wahr ! — Ich hör's ja noch... es klingt mir noch immer im Ohr... und ich spür's in den Fingern, wie ich seine Hand vom Säbelgriff hab' wegbringen wollen... Ein Kraftmensch ist er, ein Jagendorfer[8]... Ich bin doch auch kein Schwächling... der Franziski ist der einzige im Regiment, der stärker ist als ich...

Die Aspernbrücke[9]... Wie weit renn' ich denn noch ? — Wenn ich so weiterrenn', bin ich um Mitternacht in Kagran[10]...

---

1. **Die's leichter nähmen :** de **etw. leicht nehmen :** *prendre qqch. à la légère* ; cf. également **etw. auf die leichte Schulter, Achsel nehmen**, même sens.
2. **Der Fleischselcher (-) :** (cf. **Duden** ; **jd, der Fleisch räuchert und es verkauft :** *qqn qui fume la viande et la vend*) : autr., ≈ alld, **der Metzger (-) :** *le charcutier.*
3. **Wie :** cf. n. 15, p. 31.
4. **Er'wischen :** *attraper, prendre, surprendre* ; **die Polizei hat die Täter noch nicht erwischt :** *la police n'a pas encore capturé les malfaiteurs* ; cf. également **er'tappen**, fam., **jdn auf frischer Tat ertappen :** *prendre qqn sur le fait, la main dans le sac, en flagrant délit.*
5. **Auf'm :** pour **auf dem**.
6. **Punktum und Streusand drauf ! :** cette expr. vient probablement du fait que le **Streusand** était un sable très fin que l'on répandait

D'autres sans doute prendraient la chose plus à la légère... Mon Dieu ! Il y a tout de même de drôles de lascars !... Ringeimer, par exemple, s'est fait gifler par un charcutier qui l'avait surpris avec sa femme... Il a quitté l'armée et vit quelque part à la campagne où il s'est marié... Qu'il puisse y avoir des femmes qui épousent un homme pareil, ça me dépasse ! Bonté divine ! Je ne lui serrerais pas la main s'il revenait à Vienne... Alors, Gustel, t'as compris ? Terminé ! C'est ter-mi-né ! Fini avec la vie ! On tire un trait et on n'en parle plus !... Bon, maintenant, je sais ce qu'il en est, l'affaire est très simple... Bon ! Je suis au fond tout à fait calme... Cela, je l'ai du reste toujours su : que le jour venu, je serai calme, tout à fait calme... Mais qu'on en arrive à cette extrémité comme ça, je ne l'avais quand même pas imaginé... Que je doive me supprimer, parce qu'un... Peut-être que je ne l'ai pas bien compris... Peut-être qu'il a dit tout à fait autre chose... J'étais complètement abruti par ces voix et cette chaleur... Peut-être que j'étais fou et que rien de tout cela n'est vrai ?... Pas vrai ? Ah ! ah ! Pas vrai ? Mais je l'entends encore... Ses paroles sonnent encore à mon oreille... Et j'ai dans mes doigts la sensation du geste que j'ai fait pour éloigner sa main du pommeau de mon sabre... Une force de la nature, cet homme... Un hercule... Je ne suis pourtant pas une mauviette... Franziski est le seul du régiment à être plus fort que moi...

Le pont d'Aspern... Jusqu'où vais-je donc encore aller ? Si je continue à marcher à ce rythme, je serai à Kagran à minuit...

---

sur un texte écrit pour en sécher l'encre ; l'expr. est habituellement : **... und damit Punktum ! :** *point final ! c'est tout !*

7. **Zu etw. kommen :** *arriver à (faire) qqch., en venir à faire qqch.* ; **es kommt zum Streit :** *on en vient à se quereller.* Egalement, fam., **wenn du dich nicht anstrengst, wirst du nie zu etwas kommen ! :** *si tu ne fais pas d'efforts, tu n'arriveras jamais à rien !*
8. **Jagendorfer :** nom d'un lutteur connu de l'époque.
9. **Die Aspernbrücke :** pont sur le **Donaukanal :** *le canal du Danube.* La ville de Vienne est traversée par la rivière **Wien** (en partie couverte) et le **Donaukanal**, qui forme avec le Danube une île occupée par le quartier de **Leopoldstadt** et le **Prater** (sur le **Prater**, cf. infra, n. 8, p. 63).
10. **Kagran :** banlieue située de l'autre côté du Danube, reliée à Vienne par un pont, appelé le **Reichsbrücke :** *le pont de l'Empire.*

Haha ! — Herrgott, froh sind wir gewesen, wie wir im vorigen September dort eingerückt [1] sind. Noch zwei Stunden, und Wien... todmüd' war ich, wie wir angekommen sind... den ganzen Nachmittag hab' ich geschlafen wie ein Stock [2], und am Abend waren wir schon beim Ronacher [3]... der Kopetzky, der Ladinser und... wer war denn nur noch mit uns ? — Ja, richtig, der Freiwillige, der uns auf dem Marsch die jüdischen Anekdoten erzählt hat... Manchmal sind's ganz nette Burschen, die Einjährigen [4]... aber sie sollten alle nur Stellvertreter [5] werden — denn was hat das für einen Sinn [6] ? Wir müssen uns jahrelang plagen, und so ein Kerl dient ein Jahr und hat genau dieselbe Distinktion [7] wie wir... es ist eine Ungerechtigkeit ! — Aber was geht mich denn das alles an [8] ? — Was scher' ich mich [9] denn um solche Sachen ? — Ein Gemeiner von der Verpflegsbranche ist ja jetzt mehr als ich... ich bin ja überhaupt nicht mehr auf der Welt... es ist ja aus mit mir... Ehre verloren, alles verloren !... Ich hab' ja nichts anderes zu tun, als meinen Revolver zu laden und... Gustl, Gustl, mir scheint, du glaubst noch immer nicht recht dran ? Komm' nur zur Besinnung... es gibt nichts anderes... wenn du auch dein Gehirn zermarterst [10], es gibt nichts anderes ! — Jetzt heißt's nur mehr, im letzten Moment sich anständig benehmen, ein Mann sein, ein Offizier sein, so daß der Oberst sagt : Er ist ein braver Kerl gewesen, wir werden ihm ein treues Angedenken bewahren !... Wieviel Kompagnien rücken [11] denn aus beim Leichenbegängnis von einem Leutnant ?...

---

1. **Einrücken :** milit., *se rendre sur un lieu, entrer (en formation groupée)* ; cf. également **Morgen muß der Sohn (zum Militär) einrücken :** *demain le fils est appelé sous les drapeaux.*
2. **Wie ein Stock schlafen :** litt. *dormir comme un bâton*, c.-à-d. *comme une masse, à poings fermés.*
3. **Beim Ronacher :** cabaret situé à l'emplacement du **Stadttheater** (*Théâtre de la Ville*, détruit de fond en comble par le feu) construit en 1887-1888. Il y avait là un théâtre, une salle de bal, un hôtel, un restaurant et un café.
4. **Der Einjährige :** soldat volontaire qui, parce qu'il a un niveau d'études suffisant, ne doit servir qu'un an.
5. **Der Stellvertreter (-) :** *le remplaçant, le suppléant, l'adjoint* ; aspirant est le titre donné aux élèves-officiers.
6. **Was hat das für einen Sinn ? : der Sinn :** *le sens, la signification.* **Es hat keinen, wenig Sinn, damit zu beginnen :** *cela*

Ah !... Bon Dieu ! Comme nous étions heureux d'y arriver, en septembre dernier ! « Encore deux heures de marche jusqu'à Vienne... », j'étais mort de fatigue lorsque nous sommes arrivés... Tout l'après-midi j'ai dormi comme une masse, et le soir nous nous sommes retrouvés chez Ronacher... Kopetzky, Ladinser et... mais qui d'autre était donc avec nous ? Ah ! oui, c'est juste, le volontaire qui nous avait raconté ces histoires juives pendant tout le trajet... Ce sont parfois des petits gars bien gentils, les volontaires... Mais ils devraient tous rester sous-officiers, car cela rime à quoi ? Nous, nous devons trimer pendant des années, alors que ces gars-là servent un an et ont exactement le même grade que nous... Quelle injustice ! Mais en quoi tout cela me concerne-t-il ? Qu'est-ce que ça peut bien me faire, tout ça ? Un simple soldat de l'intendance vaut plus que moi, à l'heure qu'il est... Je n'ai de toute façon plus rien à voir avec le monde... C'est fini, pour moi ! Quand l'honneur est perdu, tout est perdu !... Je n'ai rien d'autre à faire qu'à charger mon revolver et à... Gustel ! Gustel ! J'ai l'impression que tu n'y crois pas encore vraiment ? Reprends tes esprits ! Tu n'as pas le choix ! Tu as beau te creuser la cervelle, tu n'as pas le choix ! Il s'agit plutôt de se conduire dignement lorsque le dernier moment est venu, en homme, en officier, que le colonel puisse dire : c'était un brave garçon, son souvenir restera gravé dans nos mémoires !... Combien de compagnies met-on en manœuvre pour rendre les derniers honneurs à un sous-lieutenant ?...

---

ne rime à rien, n'a guère de sens de commencer par là ; cf. également **ohne Sinn und Verstand :** *sans rime ni raison.*

7. **Die Distinktion :** du fr. *distinction*, autr., vx, ≈ alld **der Rang :** *le rang, le grade* ; sinon ce mot signifie, alld, en style soutenu, *la distinction*, soit : **die Unterscheidung**, soit, vx : **die Vornehmheit**.
8. **Was geht mich denn das alles an ? :** syn. ici de **was habe ich damit zu schaffen ? :** *qu'est-ce que j'ai à voir là-dedans ?* ; **jdn angehen** est syn. de **jds Sache sein :** *concerner qqn, être l'affaire de qqn.*
9. **Was scher' ich mich... um :** pour **was schere ich mich**, de **sich scheren um :** *s'occuper, se mêler, se soucier de.*
10. **Sich das Gehirn zermartern :** *se creuser la tête, la cervelle* ; cf. **martern :** *tourmenter, torturer.*
11. **'Ausrücken :** cf. supra, n. 1, sur **einrücken** ; milit., *partir, sortir.*

Das müßt' ich eigentlich wissen... Haha! wenn das ganze Bataillon ausrückt, oder die ganze Garnison, und sie feuern [1] zwanzig Salven ab, davon wach' ich doch nimmer auf! — Vor dem Kaffeehaus, da bin ich im vorigen Sommer einmal mit dem Herrn von Engel gesessen [2], nach der Armee-Steeple-Chase [3]... Komisch, den Menschen hab' ich seitdem nie wieder geseh'n... Warum hat er denn das linke Aug' verbunden gehabt? Ich hab' ihn immer drum fragen wollen, aber es hätt' sich nicht gehört... Da geh'n zwei Artilleristen... die denken gewiß, ich steig' der Person nach... Muß [4] sie mir übrigens anseh'n... O schrecklich! — Ich möcht nur wissen, wie sich so eine ihr Brot verdient... da möcht' ich doch eher... Obzwar in der Not frißt der Teufel Fliegen [5]... in Przemysl [6] — mir hat's nachher so gegraut, daß ich gemeint hab', nie wieder rühr' ich ein Frauenzimmer an... Das war eine gräßliche [7] Zeit da oben in Galizien [8]... eigentlich ein Mordsglück [9], daß wir nach Wien gekommen sind. Der Bokorny sitzt noch immer in Sambor [10] und kann noch zehn Jahr [11] dort sitzen und alt und grau werden... Aber wenn ich dort geblieben wär', wär' mir das nicht passiert, was mir heut passiert ist... und ich möcht' lieber in Galizien alt und grau werden, als daß... als was? als was? — Ja, was ist denn? was ist denn? — Bin ich denn wahnsinnig [12], daß ich das [13] immer vergeß'? — Ja, meiner Seel', vergessen tu' ich's jeden Moment... ist das schon je erhört worden, daß sich einer in ein paar Stunden eine Kugel durch'n Kopf jagen muß, und er denkt an alle möglichen Sachen, die ihn gar nichts mehr angeh'n?

---

1. **Abfeuern :** *tirer*, par ex. **einen Schuß :** *un coup* ; **eine Salve :** *une salve* ; cf. également **eine Rakete abfeuern :** *lancer une fusée* et fig. (football) **einen Schuß aufs Tor abfeuern :** *tirer, marquer un but* (avec énergie, violemment).
2. **Bin ich gesessen :** de **sitzen (a, e) :** *être, rester assis* ; ce vb. dit « de position » est ici conjugué avec l'auxiliaire **sein**, ce qui correspond à l'usage du Sud ; ≈ alld (du Nord) **haben**.
3. **Nach der Armee-Steeple-Chase :** course d'obstacles de l'armée.
4. **Muß :** mis pour **ich muß**, où le pronom personnel **ich** est sous-entendu en début de phrase.
5. **In der Not frißt der Teufel Fliegen :** litt. *lorsqu'il est dans le besoin, le diable mange des mouches.*
6. **Przemysl :** ville de garnison en Galicie.
7. **Gräßlich :** *atroce, horrible, épouvantable.*

Je devrais le savoir... Ah ! ah ! Même si c'est le bataillon entier qui est mobilisé, ou toute la garnison, et qu'ils fassent tirer vingt salves, ce n'est pas pour autant qu'ils me réveilleront ! Tiens, ce café, j'y ai passé un bon moment avec Monsieur d'Engel, l'été dernier, après le steeple-chase de l'armée... Bizarre, cet homme, je ne l'ai jamais revu depuis... Pourquoi avait-il l'œil gauche bandé ? J'aurais bien aimé le lui demander, mais ça n'aurait pas été convenable !... Voilà deux artilleurs qui passent... Ils pensent sûrement que je m'intéresse à cette femme... Il faut que je regarde à quoi elle ressemble, celle-là ! Oh, quelle horreur ! J'aimerais bien savoir comment une créature pareille gagne sa vie... Je donnerais cher pour ne pas... Encore que... faute de grives on mange des merles... À Przemysl, j'en ai ressenti après un tel dégoût que je me suis juré de ne plus jamais toucher une femme... C'était une époque épouvantable, là-haut, en Galicie... Au fond, nous avons eu une veine de pendu d'être allés à Vienne... Bokorny se trouve encore à Sambor. Il se pourrait bien qu'il y végète encore dix ans et qu'il y prenne de l'âge et des cheveux blancs... Mais si j'étais resté là-bas, il ne me serait pas arrivé ce qui m'est arrivé aujourd'hui... Et j'aimerais mieux aujourd'hui vieillir en Galicie que... Que quoi ? Que quoi ? Mais qu'est-ce qu'il se passe ? Qu'est-ce qu'il se passe ? Suis-je donc fou pour oublier sans arrêt ce qui m'attend ? Ma foi, je l'oublie, c'est vrai, je l'oublie tout le temps... Est-ce qu'on a déjà vu ça, quelqu'un qui doit se tirer dans quelques heures une balle dans la tête et qui pense à des tas de choses qui ne le concernent plus du tout ?

---

8. **Galizien :** *la Galicie*, ancienne province de l'empire d'Autriche, située au Nord des Carpathes.
9. **Ein Mordsglück :** litt. *une chance meurtrière.*
10. **Sambor :** ville de Galicie, chef-lieu d'un **Kreis :** *cercle*, c.-à-d. un chef-lieu de canton.
11. **Zehn Jahr :** pour **zehn Jahre**.
12. **Wahnsinnig :** *fou, insensé, dément* et *énorme* ; cf. **wahnsinnige Schmerzen :** *des douleurs effroyables* ; fam., **es ist zum Wahnsinnigwerden** (aussi : **Verrücktwerden**) **:** *c'est à devenir fou, à en perdre la raison !*. De **der Wahn :** *la folie, l'illusion*, dont un vb. dérive, **wähnen :** *croire, supposer à tort* ; **ich wähnte dich in Rom** : *je te croyais à Rome.*
13. **Das :** *cela*, à savoir le fait qu'il doive se donner la mort.

Meiner Seel', mir ist geradeso, als wenn [1] ich einen Rausch [2] hätt' ! Haha ! ein schöner Rausch ! ein Mordsrausch ! ein Selbstmordsrausch ! — Ha ! Witze [3] mach' ich, das ist sehr gut ! — Ja, ganz gut aufgelegt [4] bin ich — so was muß doch angeboren [5] sein... Wahrhaftig, wenn ich's einem erzählen möcht' [6], er würd' es nicht glauben. — Mir scheint, wenn ich das Ding bei mir hätt'... jetzt würd' ich abdrücken [7] — in einer Sekunde ist alles vorbei... Nicht jeder hat's so gut — andere müssen sich monatelang plagen [8]... meine arme Cousin', zwei Jahr ist sie gelegen [9], hat sich nicht rühren können, hat die gräßlichsten Schmerzen g'habt — so ein Jammer !... Ist es nicht besser, wenn man das selber besorgt ? Nur Obacht geben heißt's, gut zielen, daß einem nicht am End' das Malheur passiert, wie dem Kadett-Stellvertreter [10] im vorigen Jahr... Der arme Teufel, gestorben ist er nicht, aber blind ist er geworden... Was mit dem nur geschehen ist ? Wo er jetzt lebt ? — Schrecklich, so herumlaufen, wie der — das heißt : herumlaufen kann er nicht, g'führt muß er werden — so ein junger Mensch, kann heut noch keine Zwanzig sein... seine Geliebte hat er besser getroffen... gleich war sie tot... Unglaublich, weswegen sich die Leut' totschießen ! Wie kann man überhaupt nur eifersüchtig sein ?... Mein Lebtag hab' ich so was nicht gekannt... Die Steffi ist jetzt gemütlich in der Gartenbaugesellschaft ; dann geht sie mit »ihm« nach Haus... Nichts liegt mir dran, gar nichts !

---

1. **Mir ist geradeso, als wenn :** expr. où **als wenn**, autr., ≈ **als ob** ; cf., supra, n. 6, p. 38.
2. **Der Rausch (¨e) :** *l'ivresse, l'enivrement, la griserie* ; **einen ordentlichen Rausch haben :** *avoir une bonne cuite* ; **seinen Rausch 'ausschlafen :** *cuver son vin* ; **das Rauschgift :** *la drogue.*
3. **Witze machen :** *faire des jeux de mots* ; de **der Witz (-e) :** *le mot d'esprit, l'histoire (drôle), la blague* ; **einen Witz, Witze er'zählen :** *en raconter une (bien) bonne, raconter des histoires drôles* ; **mach keine Witze ! :** fam., iron., *sans blagues !*
4. **Gut 'aufgelegt sein :** *être bien disposé, bien tourné, de bon poil* (fam.).
5. **Angeboren :** *inné* ; de **ge'bären (a, o, ie) :** *mettre au monde* ; **die Geburt (-en) :** *la naissance.*
6. **Möcht :** pour **möchte**, autr., ≈ alld **würde**.
7. **'Abdrücken :** (*arme à feu* : **Schußwaffe**) *presser sur la gâchette,*

Ma foi, j'ai tout à fait l'impression d'être ivre ! Ah ! ah ! Belle ivresse que celle-ci ! Je suis ivre ! Ivre de meurtre ! Ivre de suicide ! Voilà que je me mets à plaisanter ! Très bien ! Oui, je suis de bonne humeur, on peut le dire... Cela doit être inné, ce genre de choses... En vérité, si je racontais ça à quelqu'un, il ne me croirait pas. J'ai l'impression que si j'avais le truc sur moi... j'appuierais sur la gâchette et, en une seconde, tout serait fini... C'est pas si facile pour tout le monde. Il y en a qui souffrent pendant des mois... Ils n'ont pas le choix. Ma pauvre cousine, elle est restée alitée deux ans, sans pouvoir bouger, en proie aux douleurs les plus atroces. Quelle pitié ! Ne vaut-il pas mieux s'en charger soi-même ? Mais attention ! Il faut bien viser, pour qu'il ne vous arrive pas le malheur qui a frappé l'aspirant l'année dernière... Le pauvre diable ! Il n'est pas mort, mais il a perdu la vue... Qu'est-ce qu'il a bien pu devenir ? Où vit-il en ce moment ? C'est horrible de devoir aller et venir comme ça. Aller et venir ? Non, on doit le guider. Un homme si jeune. Il n'a même pas vingt ans, je pense ?... Sa maîtresse par contre, il ne l'a pas manquée, elle est morte sur le coup... Incroyable qu'on puisse se tuer pour des raisons pareilles ! Mais comment peut-on être jaloux ?... De ma vie je n'ai éprouvé un tel sentiment... Et Steffi qui est bien tranquille avec ce type au restaurant ; après quoi ils rentreront « ensemble »... Cela ne me fait rien ! Rien du tout !

---

la détente ; **etw. in Gips, Wachs abdrücken :** *prendre l'empreinte de qqch., mouler qqch.* (en plâtre, en cire) ; **die Spur hatte sich im Erdboden abgedrückt :** *la trace avait laissé son empreinte dans le sol.* Attention ! Ne pas confondre avec '**abdrucken :** *imprimer, reproduire* ; **die in der Zeitung abgedruckten Bilder :** *les photos publiées dans le journal.* A noter, par conséquent, les pl., par ex., des mots suivants **der Abdruck (e) :** *l'impression* (d'un ouvrage), *la reproduction* et **der Fingerabdruck (¨e) :** *l'empreinte digitale* ; ils sont différents.

8. Plagen : *tourmenter, tracasser, obséder* ; **die Plage (-n)** : *le tourment, le fléau, la plaie.*

9. Ist gelegen : auxiliaire **sein**, autr. et alld du Sud, ≈ alld du Nord **haben**, soit : **hat gelegen**.

10. Kadett-Stellvertreter : de **der Stellvertreter (-) :** cf. supra, n. 5, p. 56.

Hübsche Einrichtung [1] hat sie — das kleine Badezimmer mit der roten Latern'. — Wie sie neulich in dem grünseidenen [2] Schlafrock hereingekommen ist... den grünen Schlafrock werd' ich auch nimmer seh'n — und die ganze Steffi auch nicht... und die schöne, breite Treppe in der Gußhausstraße [3] werd' ich auch nimmer hinaufgeh'n... Das Fräulein Steffi wird sich weiter amüsieren [4], als wenn gar nichts gescheh'n wär'... nicht einmal erzählen darf sie's wem [5], daß ihr lieber Gustl sich umgebracht hat... Aber weinen wird's [6] schon — ah ja, weinen wird's... Überhaupt, weinen werden gar viele Leut'... Um Gottes willen, die Mama ! — Nein, nein, daran darf ich nicht denken. — Ah, nein, daran darf absolut nicht gedacht werden... An Zuhaus [7] wird nicht gedacht, Gustl, verstanden ? — nicht mit dem allerleisesten Gedanken...

Das ist nicht schlecht, jetzt bin ich gar im Prater [8]... mitten in der Nacht... das hätt' ich mir auch nicht gedacht in der Früh, daß ich heut' nacht im Prater spazieren geh'n werd'... Was sich der Sicherheitswachmann dort denkt ?... Na, geh'n wir nur weiter... es ist ganz schön... Mit'm Nachtmahlen ist's eh' nichts, mit dem Kaffeehaus auch nichts ; die Luft ist angenehm, und ruhig ist es... sehr... Zwar, ruhig werd' ich's jetzt bald haben, so ruhig, als ich's mir nur wünschen kann. Haha ! — aber ich bin ja ganz außer Atem... ich bin ja gerannt wie nicht g'scheit [9]... langsamer, langsamer, Gustl, versäumst nichts, hast gar nichts mehr zu tun — gar nichts, aber absolut nichts mehr ! — Mir scheint gar, ich fröstel' [10] ? — Es wird halt doch die Aufregung sein... dann hab' ich ja nichts gegessen... Was riecht denn da so eigentümlich ?... es kann doch noch nichts blühen ?...

---

1. **Die Einrichtung :** *l'institution, l'installation* ; **die öffentlichen, städtischen, sozialen Einrichtungen :** *les services publics, municipaux, les institutions sociales* ; de **einrichten :** *disposer, arranger, installer, organiser* ; **es so einrichten, daß... :** *faire en sorte que...* ; **gut eingerichtet sein :** *être bien installé* ; **ein Orchesterwerk für das Klavier einrichten :** *adapter une œuvre orchestrale pour piano.*
2. **Grünseidenen :** *en soie verte*, de **grün :** *vert* et **die Seide (-n) :** *la soie.*
3. **In der Gußhausstraße :** la rue *Gußhaus* ; située dans le IVe arrondissement, derrière la **Karlskirche** (*église de Saint-Charles-Borromée*, 1717-1737).

Elle est bien installée, Steffi ! La petite salle de bains avec la lanterne rouge... Il fallait la voir quand elle est entrée l'autre jour vêtue de son peignoir en soie verte... Ce peignoir vert, je ne le verrai plus..., pas plus que celle qui le porte... Et je ne monterai plus, non plus, les marches du bel escalier imposant de la *Gußhausstraße*... Et Mademoiselle Steffi continuera à s'amuser comme si rien ne s'était passé... Elle ne pourra même pas raconter à quelqu'un que son cher Gustel s'est tué ! Mais elle pleurera, sûrement ! Ah oui, elle pleurera... En tout état de cause, elle ne sera pas la seule à le faire... Mon Dieu, maman ! Non, non ! Je préfère ne pas y penser... Défense de penser aux tiens, Gustel, tu entends ? Même pas une fraction de seconde...

Tiens, c'est pas mal, ça : me voilà au *Prater*... en pleine nuit... Si ce matin on m'avait dit que cette nuit j'irais me promener au *Prater*... Qu'est-ce qu'il pense, le sergent de ville, là-bas ?... Bon, continuons... C'est bien, ici... Plus question de dîner ou d'aller au café, de toute façon. L'air est agréable et quel calme... Un calme extraordinaire ! J'en aurai, certes, du calme, bientôt, au-delà de mes espérances. Ah ! Mais je suis hors d'haleine... J'ai couru comme si j'avais perdu la tête... Ralentis, Gustel, ralentis, tu n'es pas pressé, il ne te reste plus rien à faire, plus rien, absolument plus rien ! Il me semble que je frissonne. Ce sera l'émotion, sans doute ? Et puis, je n'ai rien mangé... Qu'est-ce qui a cette odeur si particulière ?... Ce n'est pas encore l'époque de la floraison ?...

---

4. **Sich amüsieren :** du fr. *s'amuser* ; **sich über jdn, etw. amüsieren :** *se moquer de* ; cf. **sie amüsierten sich über sein Hobby :** *ils se moquaient de son passe-temps, hobby*. Souvent au part. II, cf. **er lachte amüsiert :** *il rit, amusé.*
5. **Wem :** fam. pour **(irgend)jemandem**.
6. **Wird's :** pour **wird sie**.
7. **Zuhaus :** pour **Zuhause** ; **das Zuhause :** *le chez-soi* ; **kein Zuhause haben :** *ne pas avoir de chez-soi, de foyer.*
8. **Der Prater :** grand parc ouvert au public en 1766 et contenant le **Luna Park**.
9. **Ich bin ja gerannt wie nicht g'scheit :** pour **gescheit** (cf. supra, n. 6, p. 46), litt. *j'ai couru comme il n'est pas raisonnable de le faire* ; cf. l'expr. **er ist wohl nicht ganz, nicht recht gescheit :** *il n'a pas tout son bon sens, il a un grain.*
10. **Ich föstel' :** pour **ich fröst(e)le** ; cf. également : **mich fröstelt (es)** ; de **frösteln :** *frissonner (de froid).*

Was haben wir denn heut'[1] ? — den vierten April... freilich, es hat viel geregnet in den letzten Tagen... aber die Bäume sind beinah' noch ganz kahl[2]... und dunkel ist es, hu ! man könnt' schier Angst kriegen... Das ist eigentlich das einzigemal in meinem Leben, daß ich Furcht gehabt hab', als kleiner Bub, damals im Wald... aber ich war ja gar nicht so klein... vierzehn oder fünfzehn... Wie lang ist das jetzt her ? — neun Jahr'... freilich — mit achtzehn war ich Stellvertreter, mit zwanzig Leutnant... und im nächsten Jahr werd' ich... Was werd ich im nächsten Jahr ? Was heißt das überhaupt : nächstes Jahr ? Was heißt das : in der nächsten Woche ? Was heißt das : übermorgen ?... Wie ? Zähneklappern[3] ? Oho ! — Na lassen wir's nur ein bissel klappern... Herr Leutnant, Sie sind jetzt allein, brauchen niemandem einen Pflanz[4] vorzumachen... es ist bitter, es ist bitter...

Ich will mich auf die Bank setzen... Ah ! wie weit bin ich denn da ? — So eine Dunkelheit ! Das da hinter mir, da muß das zweite Kaffeehaus[5] sein... bin ich im vorigen Sommer auch einmal gewesen, wie unsere Kapelle konzertiert[6] hat... mit'm[7] Kopetzky und mit'm Rüttner — noch ein paar[8] waren dabei[9]... — Ich bin aber müd'... nein, ich bin müd', als wenn ich einen Marsch von zehn Stunden gemacht hätt'... Ja, das wär' sowas, da einschlafen. — Ha ! ein obdachloser[10] Leutnant... Ja, ich sollt' doch eigentlich nach Haus... was tu' ich denn zu Haus ? aber was tu' ich denn im Prater ?

---

1. **Was haben wir denn heut' :** fam. pour **den wievielten haben wir heute ? :** *quel jour sommes-nous aujourd'hui ?*
2. **Kahl :** *chauve, dénudé* ; **kahl werden :** *devenir chauve* (personne), *perdre ses feuilles* (arbre).
3. **Zähneklappern : ihm klappern die Zähne (vor Angst) :** *il claque des dents* (de peur) ; de **klappern :** *faire du bruit* (machine à écrire), *claquer* (talons), *s'entrechoquer* (vaisselle) ; cf. également **der Klapperkasten :** *le tacot, le vieux clou.*
4. **Jdm einen Pflanz 'vormachen :** *faire tout un cinéma* ; expr. autr., fam., où **Pflanz** (ici, au masc.) est syn. de l'alld **die Großtuerei :** *la crânerie, la fanfaronnade* ; cf. **'großtun :** *se donner des grands airs, crâner* et **sich mit etw. großtun :** *faire étalage de, se targuer de.* Cf. également **jdn pflanzen**, autr., fam., ≈ alld **jdn zum Narren halten :** *se payer la tête de qqn, faire marcher qqn, le mener en bateau.*

Quel jour sommes-nous aujourd'hui ? Le quatre avril... Il est vrai qu'il a beaucoup plu ces derniers jours... Mais les arbres sont encore dénudés... Et il fait sombre. Ouh !... ça n'est pas rassurant, tout ça... La seule fois de ma vie où j'aie eu peur, c'était autrefois, alors que j'étais petit garçon, dans la forêt... En fait, je n'étais pas si petit que ça ? Quatorze ou quinze ans... Ça fait combien de temps déjà ? Neuf ans... sans doute ? À dix-huit ans j'étais aspirant, à vingt sous-lieutenant... Et l'an prochain je serai... Qu'est-ce que je serai l'an prochain ? Ça veut dire quoi, ça, exactement ? Ça veut dire quoi : après-demain ? Quoi ? On claque des dents ? Ho ! Ho ! Laissons-les claquer un peu, ces dents !... Mon lieutenant, vous êtes seul là, inutile de vous mettre en frais... C'est dur ! C'est dur !

Je vais m'asseoir sur ce banc... Ah ! Je suis arrivé où, là ? Quelle obscurité ! Derrière moi, ça doit être le deuxième café... J'y suis allé, une fois, l'été dernier, au concert de notre orchestre... Avec Kopetzky et Rüttner, et quelques autres encore... Que je suis fatigué ! Je suis fatigué comme si j'avais fait une marche de dix heures... Il ne manquerait plus que ça que je m'endorme ici ! Ah ! un sous-lieutenant qui couche sous les ponts ! Oui, il faudrait quand même que je rentre... Qu'est-ce que je vais faire chez moi ? Mais qu'est-ce que je fais au *Prater* ?

---

5. **Das zweite Kaffeehaus :** depuis la fin du XVIIIe siècle, il y avait, dans la **Hauptallee** (*Allée Principale*) du **Prater**, trois cafés.
6. **Konzertieren :** du fr. *se concerter* : **sich ver'abreden** ; style soutenu, **ein Konzert geben :** *donner un concert* ; attention ! le participe II employé seul, **konzertiert**, retrouve le sens original, à savoir *concerté* ; **eine konzertierte Aktion :** *une action concertée.*
7. **Mit'm :** pour **mit dem**.
8. **Ein paar :** *quelques* ; à ne pas confondre avec **das Paar (-e) :** *le couple.*
9. **Waren dabei :** de **da'beisein :** *être là, être présent à, assister à, être de la partie.*
10. **Ein obdachloser Leutnant :** de **obdachlos :** de **das Obdach :** *l'abri, l'asile, le gîte* ; cf. **Obdach suchen, finden :** *chercher, trouver refuge, un abri.*

— Ah, mir wär' am liebsten [1], ich müßt' [2] gar nicht aufsteh'n — da einschlafen und nimmer aufwachen [3]... ja, das wär' halt bequem ! — Nein, so bequem wird's Ihnen nicht gemacht, Herr Leutnant... Aber wie und wann ? — Jetzt könnt' ich mir doch endlich einmal die Geschichte ordentlich überlegen [4]... überlegt muß ja alles werden... so ist es schon einmal im Leben... Also überlegen wir... Was denn ?... — Nein, ist die Luft gut... man sollt' öfters bei der Nacht [5] in' Prater [6] geh'n... Ja, das hätt' mir eben früher einfallen müssen, jetzt ist' aus mit'm [7] Prater, mit der Luft und mit'm Spazierengeh'n... Ja, also was ist denn ? — Ah, fort mit dem Kappl [8] ; mir scheint, das drückt mir aufs Gehirn [9]... ich kann ja gar nicht ordentlich denken... Ah... so !... also jetzt Verstand zusammennehmen, Gustl... letzte Verfügungen treffen [10] ! Also morgen früh wird Schluß gemacht [11]... morgen früh um sieben Uhr... sieben Uhr ist eine schöne Stund'. Haha ! — also um acht, wenn die Schul' anfangt [12], ist alles vorbei... der Kopetzky wird aber keine Schul' halten können, weil er zu sehr erschüttert [13] sein wird... Aber vielleicht weiß er's noch gar nicht... man braucht ja nichts zu hören... Den Max Lippay haben sie auch erst am Nachmittag gefunden, und in der Früh hat er sich erschossen, und kein Mensch hat was davon gehört... Aber was geht mich das an, ob der Kopetzky Schul' halten wird oder nicht ?... Ha ! — also um sieben Uhr ! — Ja... na, was denn noch ?... Weiter ist ja nichts zu überlegen.

---

1. **Mir wär' am liebsten** : pour **mir wäre am liebsten** : *je préférerais.*
2. **Ich müßt'** : pour **ich müßte** : il faut noter ici que le choix du vb. de modalité **müssen** exprime la nécessité absolue liée à l'action de se lever.
3. **'Aufwachen** : *se réveiller, s'éveiller* ; **plötzlich aufwachen** : *se réveiller en sursaut.* Ne pas confondre avec **wachen** : *veiller.* Cf. également **(auf) Wache stehen** : *monter la garde.*
4. **Sich etw. über'legen** : *réfléchir à qqch.* ; **er hat es sich inzwischen anders überlegt** : *il a changé d'avis, s'est ravisé entre-temps.* Ne pas confondre avec **über'legen** : *supérieur* ; par ex. **jdm etw. (Intelligenz, Kraft, zahlenmäßig) weit überlegen sein** : *l'emporter largement, de loin sur qqn (en intelligence, en force, en nombre)* ; cf. également **überlegen lächeln** : *sourire de façon condescendante, supérieure.*
5. **Bei der Nacht** : autr., fam., pour **in der Nacht, während der Nacht** ou **nachts**.

Ah ! je préférerais ne jamais devoir me lever, m'endormir là et ne plus me réveiller... En effet, ce serait bien commode ! Non, mon lieutenant, ce qui vous attend n'a rien de si commode ! Quoi qu'il en soit, ce sera comment et pour quand ? Il serait grand temps que je me mette à y réfléchir une bonne fois pour toutes ! Il ne faut rien laisser au hasard... C'est comme ça, la vie... Donc réfléchissons... Voyons ! Mais que l'air est doux !... On devrait se promener plus souvent au Prater, la nuit... Certainement, mais j'aurais dû y penser plus tôt, à ça... maintenant il n'y a plus de Prater ni de promenades qui tiennent... Bon, qu'est-ce que je disais ? Ah, il faut que j'enlève ce képi. J'ai l'impression qu'il me comprime la cervelle..., je suis incapable de penser correctement... Ah !... Comme ça !... Bon, reprends tes esprits, Gustel... Prends tes dernières dispositions ! Donc demain matin c'est fait !... Demain matin à sept heures... Sept heures, c'est une heure bien choisie... Ah ! ah ! Comme ça, à huit heures, à l'heure où commence l'exercice, tout sera consommé !... Mais Kopetzky ne sera pas en état de faire faire l'exercice, parce qu'il sera trop bouleversé... Mais peut-être qu'il ne le saura pas encore... On n'entendra pas forcément quelque chose... Max Lippay, ils ne l'ont trouvé que l'après-midi, et c'est le matin qu'il s'est tiré une balle, et personne n'a entendu quoi que ce soit... Mais qu'est-ce que ça peut me faire que Kopetzky fasse l'exercice ou non ?... Ah ! Donc, à sept heures ? Bon, eh bien, quoi d'autre ? C'est tout ! Je ne vois rien d'autre.

---

6. **In' Prater :** pour **in den Prater**.
7. **Mit'm :** pour **mit dem**.
8. **Das Kappl :** autr., également **das Kappel (-) :** *képi* des officiers de l'époque.
9. **Das drückt mir aufs Gehirn : das Gehirn (-e) :** *le cerveau, la cervelle, l'entendement* ; cf. les expr. fam., **sein Gehirn ˈanstrengen/sich das Gehirn zerˈmartern :** *se creuser la cervelle.*
10. **Letzte Verfügungen treffen :** de **Verfügungen treffen (a, o, i) über** + A. **:** *prendre des dispositions à propos de* ; cf. **letzte** (comme ici) ou **letztwillige Verfügungen :** *dernières volontés (dispositions testamentaires).*
11. **Wird Schluß gemacht :** de **mit etw. Schluß machen :** fam., *mettre un terme à, cesser de* ; cf. **mit sich, dem Leben Schluß machen :** *se suicider* ; **mit jdm Schluß machen :** *rompre (des relations) avec qqn.*
12. **Anfangt :** pour **ˈanfängt**.
13. **Erschüttert :** de **erˈschüttern :** *ébranler, secouer, bouleverser* ; cf. **erschütternd :** *bouleversant.*

Im Zimmer schieß' ich mich tot, und dann is basta [1] ! Montag ist die Leich' [2]... Einen kenn' ich, der wird eine Freud' haben : das ist der Doktor... Duell kann nicht stattfinden wegen Selbstmord des einen Kombattanten [3]... Was sie bei Mannheimers sagen werden ? — Na, er wird sich nicht viel draus machen [4]... aber die Frau, die hübsche, blonde... mit der war was zu machen... O ja, mir scheint, bei der hätt' ich Chance gehabt, wenn ich mich nur ein bissl [5] zusammengenommen [6] hätt'... ja, das wär' doch was anders gewesen, als die Steffi, dieses Mensch... Aber faul darf man halt nicht sein... da heißt's : Cour machen [7], Blumen schicken, vernünftig reden... das geht nicht so, daß man sagt : Komm' morgen nachmittag zu mir in die Kasern' !... Ja, so eine anständige [8] Frau, das wär' halt was g'wesen... Die Frau von [9] meinem Hauptmann in Przemysl, das war ja doch keine anständige Frau... ich könnt 'schwören : der Libitzky und der Wermutek und der schäbige Stellvertreter, der hat sie auch g'habt... Aber die Frau Mannheimer... ja, das wär' was anders, das wär' doch auch ein Umgang [10] gewesen, das hätt' einen beinah' zu einem andern Menschen gemacht — da hätt' man doch nóch einen andern Schliff [11] gekriegt — da hätt' man einen Respekt vor sich selber haben dürfen. — Aber ewig diese Menscher... und so jung hab' ich ang'fangen — ein Bub war ich ja noch, wie ich damals den ersten Urlaub gehabt hab' und in Graz [12] bei den Eltern zu Haus war... der Riedl war auch dabei — eine Böhmin ist es gewesen... die muß doppelt so alt gewesen sein wie ich — in der Früh bin ich erst nach Haus gekommen...

---

1. **Und dann is basta !** autr., fam., pour **und damit basta ! :** *un point c'est tout !*
2. **Montag ist die Leich' :** *lundi c'est l'enterrement* ; de **die Leiche (n) :** *le cadavre, le corps.*
3. **Der Kombattant (-en) :** du fr. *le combattant*, ici *l'adversaire.*
4. **Er wird sich nicht viel draus machen :** de l'expr. **sich nicht viel aus etw. machen :** *ne pas attacher* (beaucoup) *d'importance à qqch., ne pas faire grand cas de.*
5. **Ein bissl :** dim. autr., ≈ alld **ein bißchen**, cf. également supra, n. 5, p. 25 et n. 15, p. 35.
6. **Sich 'zusammennehmen (a, o, i) :** *faire un effort sur soi-même, se ressaisir, se reprendre.*
7. **(Einer Frau/Dame) (die) Cour machen :** du fr., *faire la cour à*, ≈ **(einer Frau/Dame) den Hof machen, um sie werben**.

Je me tue dans ma chambre et après basta ! Lundi, ce sera l'enterrement... J'en connais un qui va être content : c'est le docteur... Un duel ne peut avoir lieu s'il y a eu suicide de l'un des adversaires... Qu'est-ce qu'ils vont dire, les Mannheimer ? Lui, ça ne lui fera pas grand-chose... Mais sa femme, la jolie blonde... Avec elle, il y aurait eu quelque chose à faire... Oh oui, il me semble qu'avec elle, j'aurais eu mes chances, si j'y avais mis un peu du mien... Oui, ça aurait été autre chose qu'avec cette petite grue de Steffi... Seulement voilà, il ne faut pas être paresseux..., c'est-à-dire qu'il faut faire la cour, envoyer des fleurs, avoir de la conversation... On ne peut pas dire, par exemple : « Viens demain après-midi me voir à la caserne ! » Ah, oui ! Une femme si convenable, ça ne m'aurait pas déplu, c'est sûr ! La femme de mon capitaine, à Przemysl, elle, n'était pas une femme convenable... Je jurerais que Libitzky et Wermutek, et cet aspirant minable ont couché avec elle... Mais Madame Mannheimer, ça n'aurait pas été la même chose. Ça, je dois dire, ça aurait été quand même une autre « fréquentation » ! Une fréquentation qui vous transforme un homme. Qui lui donne un autre caractère, plus policé. Qui le force à se respecter soi-même. Alors qu'avec ces créatures... Et j'ai commencé si jeune : j'étais encore un gosse à l'époque de mon premier congé passé chez mes parents, à Graz... Riedel était avec moi. C'était une Tchèque... Elle avait certainement le double de mon âge. Je ne suis pas rentré à la maison avant l'aube...

---

8. **Anständig :** *convenable, correct, honnête* ; **sich anständig be'nehmen :** *se conduire correctement, comme il faut.*
9. **Die Frau von :** emploi fam. de la préposition **von** au lieu du G.
10. **Der Umgang :** le fait de traduire ce mot par *fréquentation* au sg. et entre guillemets insiste sur le caractère exceptionnel de ce que pourraient être, précisément, les relations avec cette femme ; cf. l'expr. **der ist doch kein Umgang für sie ! :** *celui-là n'est pas une fréquentation pour elle !* On traduit généralement ce mot par : *les fréquentations, les relations.*
11. **Der Schliff :** *le tranchant, le poli* ; de **schleifen (i, i) :** *aiguiser, polir*, et également, fig., *la politesse, le savoir-vivre.*
12. **Graz :** ville autrichienne, capitale de la Styrie, située sur les rives de la Mur.

Wie mich der Vater ang'schaut hat... und die Klara... Vor der Klara hab' ich mich am meisten g'schämt[1]... Damals war sie verlobt[2]... warum is denn nichts draus geworden[3] ? Ich hab' mich eigentlich nicht viel drum gekümmert... Armes Hascherl[4], hat auch nie Glück gehabt — und jetzt verliert sie noch den einzigen Bruder... Ja, wirst mich nimmer seh'n, Klara — aus ! Was, das hast du dir nicht gedacht, Schwesterl[5], wie du mich am Neujahrstag zur Bahn begleitet hast, daß du mich nie wieder seh'n wirst ? — und die Mama... Herrgott, die Mama... nein, ich darf daran nicht denken... wenn ich daran denk', bin ich imstand[6], eine Gemeinheit zu begehen... Ah... wenn ich zuerst noch nach Haus fahren möcht'... sagen, es ist ein Urlaub[7] auf einen Tag... noch einmal den Papa, die Mama, die Klara seh'n, bevor ich einen Schluß mach'... Ja, mit dem ersten Zug um sieben kann ich nach Graz fahren, um eins bin ich dort... Grüß dich Gott, Mama... Servus, Klara ! Na, wie geht's euch denn ?... Nein, das ist eine Überraschung !... Aber sie möchten[8] was merken... wenn niemand anders... die Klara... die Klara gewiß... Die Klara ist ein so gescheites Mädel... Wie lieb sie mir neulich geschrieben hat, und ich bin ihr noch immer die Antwort schuldig[9] — und die guten Ratschläge[10], die sie mir immer gibt... ein so seelengutes Geschöpf[11]... Ob nicht alles ganz anders geworden wär', wenn ich zu Haus geblieben wär' ? Ich hätt' Ökonomie[12] studiert, wär' zum Onkel gegangen... sie haben's ja alle wollen[13], wie ich noch ein Bub war...

---

1. **Mich g'schämt :** pour **geschämt** ; de **sich schämen :** *avoir honte.*
2. **Verlobt :** *fiancé* ; **sich verloben** : *se fiancer* ; **die Verlobung (auf)lösen, rückgängig machen :** *rompre les fiançailles.*
3. **Warum ist denn nichts draus geworden :** cf. l'expr. **daraus (aus diesem Plan) wird nichts :** *il n'en sortira rien (de ce projet), cela (ce projet) n'aboutira à rien.* **Was soll daraus werden ? :** *qu'en adviendra-t-il ?* ; **Aus dir wird nichts :** *on ne fera jamais rien de toi, tu ne feras jamais rien de bon.*
4. **Armes Hascherl ! :** *pauvre chérie, pauvre petite !*, du moyen-haut-allemand **hëschen** = **schluchzen :** *sangloter.*
5. **Schwesterl :** dim. autr., ≈ alld **Schwesterlein**, de **die Schwester (n) :** *la sœur.*
6. **Imstand :** pour **imstande** ; de **imstande sein, etw. zu tun :** *être capable de, en mesure de faire qqch.*

La façon dont mon père m'a regardé !... Et Clara... C'est face à Clara que j'ai été le plus gêné... À l'époque elle était fiancée... Pourquoi ces fiançailles n'ont-elles pas fini par un mariage ? Je dois dire que ça ne m'a pas beaucoup préoccupé... Pauvre chou ! Elle n'a jamais eu de veine. Et voilà qu'elle perd son unique frère. Eh bien, tu ne me verras plus, Clara, c'est fini ! Hein, petite sœur ? Tu ne te doutais pas, lorsque, le jour de l'an, tu m'as accompagné à la gare, que tu ne me reverrais plus ? Et maman... Nom de Dieu, maman... Non, je ne veux pas y penser... Si j'y pense, je serai capable de commettre une bassesse... Ah !... Si je pouvais rentrer à la maison... Et dire que j'ai une permission d'un jour... Pour revoir une dernière fois papa, maman, Clara, avant d'en finir... Oui, en prenant le train de sept heures pour Graz, j'y serai à une heure... Bonjour, maman... Salut, Clara ! Alors, comment allez-vous ? Quelle surprise, hein ?... Mais ils pourraient s'apercevoir de quelque chose... Si personne d'autre... Clara... Clara, certainement... Clara est une fille si intelligente... Qu'elle était gentille, la lettre qu'elle m'avait envoyée, il n'y a pas longtemps ! Je ne lui ai toujours pas répondu ! Et les bons conseils qu'elle me donne toujours... Quelle fille foncièrement bonne !... Je me demande si tout n'aurait pas tourné autrement, si j'étais resté à la maison ? J'aurais fait des études d'agriculture et je serais allé chez mon oncle... Tout le monde me conseillait ça, quand j'étais gosse...

---

7. **Ein Urlaub auf** + A. **:** *un congé de, une permission de* ; **der Urlauber (-) :** *le vacancier, le permissionnaire* ; cf. **er'lauben :** *permettre* et **die Erlaubnis :** *la permission, l'autorisation.*
8. **Möchten :** le vb. **mögen** exprime ici l'éventualité et n'est pas pris, comme dans le texte généralement, en tant qu'auxiliaire du conditionnel, cf. infra, le même cas, n. 12, p. 17.
9. **Jdm etw. schuldig sein :** *(rester) devoir qqch. à qqn, être redevable à qqn de qqch.* ; cf. **jdm nichts mehr schuldig sein :** *être quitte envers qqn.*
10. **Der Rat :** *le conseil* a comme pl. **die Ratschläge** ; à ne pas confondre avec **der Rat**, pl. **die Räte :** *le conseiller.*
11. **Das Geschöpf (-e) :** *la créature*, de **schöpfen :** *créer.*
12. **Ökonomie :** ≈ **Landwirtschaft :** *l'agriculture, l'agronomie.*
13. **Wollen :** autr., pour **gewollt**.

Jetzt wär ich am End' schon verheiratet, ein liebes, gutes Mädel... vielleicht die Anna, die hat mich so gern gehabt [1]... auch jetzt hab' ich's noch gemerkt, wie ich das letztemal zu Haus war, obzwar sie schon einen Mann hat und zwei Kinder... ich hab's g'sehn', wie sie mich ang'schaut hat... Und noch immer sagt sie mir »Gustl« wie früher... Der [2] wird's ordentlich in die Glieder fahren [3], wenn sie erfährt, was es mit mir für ein End' genommen hat — aber ihr Mann wird sagen : Das hab' ich voraus gesehen — so ein Lump ! — Alle werden meinen, es ist, weil ich Schulden gehabt hab'... und es ist doch gar nicht wahr, es ist doch alles bezahlt... nur die letzten hundertsechzig Gulden — na, und die sind morgen da... Ja, dafür muß ich auch noch sorgen [4], daß der Ballert die hundertsechzig Gulden kriegt... das muß ich niederschreiben, bevor ich mich erschieß'... Es ist schrecklich, es ist schrecklich ! ... Wenn ich lieber auf und davon [5] fahren möcht' — nach Amerika, wo mich niemand kennt... In Amerika weiß kein Mensch davon, was hier heut' abend gescheh'n ist... da kümmert sich kein Mensch drum [6]... Neulich ist [7] in der Zeitung gestanden von einem Grafen Runge, der hat fortmüssen wegen einer schmutzigen Geschichte, und jetzt hat er drüben ein Hotel und pfeift auf [8] den ganzen Schwindel [9]... Und in ein paar Jahren könnt' man ja wieder zurück... nicht nach Wien natürlich... auch nicht nach Graz... aber aufs Gut könnt' ich... und der Mama und dem Papa und der Klara möchts doch tausendmal lieber sein [10], wenn ich nur lebendig blieb'...

---

1. **Gern gehabt :** de **jdn gern haben :** *aimer bien qqn, avoir de l'affection pour qqn* ; de **gern :** *volontiers* ; **sehr gern ! :** *très volontiers !, avec plaisir !* ; **er kann mich gern haben !** : *il peut toujours courir !* ; **gern ge'schehen ! :** *il n'y a pas de quoi ! à votre service !*
2. **Der :** cette forme est un article défini au D., fém., sg., emploi fam. qui remplace l'emploi du pronom pers. correspondant, seul correct, ici : **Ihr** ; cf. l'ex. fourni dans la n. suivante.
3. **In die Glieder fahren :** expr. où **fahren** a le sens de *passer (vite, prestement) dans* ; cf. **in die Kleider fahren :** *sauter dans ses vêtements* ; **er fuhr in die Höhe :** *il sursauta* ; **(erschrocken) aus dem Bett fahren :** *bondir hors de son lit (d'effroi)* ; **das Glied (-er) :** *le membre* ; **der Schreck fuhr ihm in die Glieder :** *la peur (une peur bleue) l'envahit, s'empara de lui.*
4. **Für etw., jdn sorgen :** *s'occuper, se soucier de, prendre soin de* ;

Et maintenant je serais sans doute déjà marié, avec une brave fille, bien gentille... Peut-être Anna, qui m'aimait tant... J'ai pu encore le constater la dernière fois que j'étais à la maison, bien qu'elle ait déjà un mari et deux enfants... J'ai bien remarqué la façon dont elle me regardait... Et elle me dit encore « Gustel », comme autrefois... Ça va lui faire un sacré choc quand elle apprendra comment j'ai fini. Mais son mari dira : « Je l'avais prédit ! Quel misérable ! » Tout le monde croira que je me suis suicidé parce que j'avais des dettes... Et ce n'est pas vrai du tout, tout est payé... Tout, à part les cent soixante florins, ma dette la plus récente. Mais ce sera fait demain matin... Oui, il faut que je m'en occupe, de ça, que je les fasse parvenir à Ballert, ces cent soixante florins... Que je le spécifie par écrit, avant de me tirer une balle... C'est épouvantable ! Épouvantable !... Si je pouvais prendre la fuite... Partir pour l'Amérique où personne ne me connaît... En Amérique personne ne sait ce qu'il s'est passé ce soir... Là-bas, tout le monde s'en fiche... L'autre jour, dans le journal, il était question d'un comte Runge qui avait dû partir d'ici à cause d'une sale affaire... Maintenant il a un hôtel là-bas et il se fiche pas mal de toute cette histoire d'escroquerie... Et dans quelques années je pourrais revenir... Pas à Vienne naturellement..., ni à Graz... Mais je pourrais aller à la ferme de mon oncle... Et maman, papa et Clara préféreraient cent fois me savoir vivant que...

---

für das Essen : *(s'occuper) du repas* ; **für den Garten :** *du jardin ; (veiller à) :* **die Zukunft der Kinder :** *l'avenir des enfants* ; **hier ist für alles gesorgt :** *ici on s'occupe de tout.*

5. **Auf und davon :** fam., idée de *partir* (vite), *de lever le pied* ; **er war schon auf und davon :** *il était déjà parti* ; **sich auf und davon machen :** *décamper, prendre le large.*
6. **Da kümmert sich kein Mensch drum :** de **sich um etw. kümmern :** *se soucier de* ; **der Kummer :** *le chagrin.*
7. **Ist :** auxiliaire autr., ≈ alld **hat**, usage du Nord.
8. **Auf** + A. **pfeifen (i, i) :** *se ficher de, se moquer de qqch. (comme de l'an quarante).*
9. **Der Schwindel (-) :** *le vertige* ; fig., *l'histoire à dormir debout, le boniment, le baratin, l'escroquerie, la tromperie.*
10. **Möchts doch tausendmal lieber sein :** autr., ≈ alld : **würde es.**

Und was geh'n mich denn die andern Leut' an[1] ? Wer meint's denn sonst gut mit mir[2] ? — Außerm[3] Kopetzky könnt' ich allen gestohlen werden... der Kopetzky ist doch der einzige... Und gerad der hat mir heut das Billett geben müssen... und das Billett ist an allem schuld... ohne das Billett wär' ich nicht ins Konzert gegangen, und alles das wär' nicht passiert... Was ist denn nur passiert ?...Es ist grad', als wenn[4] hundert Jahr seitdem vergangen wären, und es kann noch keine zwei Stunden sein... Vor zwei Stunden hat mir einer »dummer Bub« gesagt und hat meinen Säbel zerbrechen wollen... Herrgott, ich fang' noch zu schreien an mitten in der Nacht ! Warum ist denn das alles gescheh'n ? Hätt' ich nicht länger warten können, bis ganz leer wird in der Garderobe ? Und warum hab' ich ihm denn nur gesagt : »Halten Sie's Maul !« Wie ist mir denn das nur ausgerutscht[5] ? Ich bin doch sonst ein höflicher Mensch... nicht einmal mit meinem Burschen[6] bin ich sonst so grob... aber natürlich, nervös bin ich gewesen — alle die Sachen, die da zusammengekommen[7] sind... das Pech im Spiel und die ewige Absagerei[8] von der Steffi — und das Duell morgen nachmittag — und zu wenig schlafen tu' ich in der letzten Zeit — und die Rackerei[9] in der Kasern' — das halt' man auf die Dauer nicht aus !... Ja, über kurz oder lang wär' ich krank geworden — hätt' um einen Urlaub einkommen müssen... Jetzt ist es nicht mehr notwendig — jetzt kommt ein langer Urlaub — mit Karenz der Gebühren[10] — haha !...

---

1. **Was geh'n mich denn die andern Leut' an ? :** de **jdn 'angehen (i, a) :** *concerner, regarder qqn.*
2. **Wer meint's denn sonst gut mit mir ? :** cf. l'expr. **es gut mit jdm meinen :** *vouloir du bien à qqn.*
3. **Außerm :** contraction de **außer** et de **dem** ; **Außer**, prép. qui régit généralement le D. : *hormis* ; **außer ihm habe ich keinen Freund :** *à part lui, je n'ai pas d'ami ; hors de* ; **außer Betrieb :** *hors service* ; **außer Atem :** *hors d'haleine* ; **außer sich (sein) :** *(être) hors de soi* ; cf. également la conj. **außer wenn... :** *sauf si, à moins que...*
4. **Als wenn :** autr., ≈ alld **als ob**.
5. **Ausgerutscht :** de **'ausrutschen :** *glisser*, par ex. **bei Glatteis, auf einer Bananenschale :** *sur le verglas, sur une peau de banane* ; également *glisser*, dans le sens d'*échapper à* : **beim Brotschneiden ist ihm das Messer ausgerutscht :** *alors qu'il coupait du pain, le couteau lui a échappé (des mains).*

Et qu'est-ce que j'en ai à faire des autres gens ? Qui m'aime bien, à part eux ? Oui, à part Kopetzky, tous les autres se moquent pas mal de moi ! Kopetzky est bien le seul... Et il a fallu que ce soit justement lui qui me donne ce soir le billet... Et le billet est cause de tout... Sans le billet je ne serais pas allé au concert et rien de tout cela ne serait arrivé... Mais qu'est-il donc arrivé ? C'est tout à fait comme si c'était vieux de cent ans, et cela fait à peine deux heures... Deux heures que quelqu'un m'a traité de « petit imbécile ! » et a voulu casser mon sabre... Nom de Dieu, je vais me mettre à crier en pleine nuit ! Mais pourquoi donc tout cela est-il arrivé ? N'aurais-je pas pu attendre que le vestiaire soit complètement vide ? Et pourquoi lui ai-je dit : « Ta gueule ! » ? Comment une chose pareille a-t-elle pu m'échapper ? Je suis un homme courtois, d'habitude... Même avec mon ordonnance je ne me permets jamais d'être grossier... Bon, c'est vrai, j'étais nerveux... Avec tout ce qui m'est tombé dessus en même temps... La déveine au jeu, les éternels faux bonds de Steffi et le duel demain après-midi, et puis le manque de sommeil depuis quelque temps, et les tracasseries à la caserne..., autant d'ennuis auxquels on ne résiste pas à la longue !... Oui, tôt ou tard je serais tombé malade, et j'aurais été obligé de demander une permission... Maintenant ce n'est plus nécessaire, maintenant vient le temps d'une longue permission sans solde ! Ah ! ah !...

---

6. **Mit meinem Burschen :** abrégé pour **der Offiziersbursche :** *l'ordonnance* ; de **der Bursche (-n) :** *le garçon, le gars* ; cf. **ein übler Bursche :** *un drôle de coco, une drôle de canaille.*
7. **Zu'sammenkommen (a, o) :** intr., *arriver (en même temps), se rencontrer* ; se dit généralement de choses désagréables. **An diesem Tag ist aber auch alles zusammengekommen :** *mais c'est que ce jour-là tout est arrivé, m'est tombé dessus en même temps.*
8. **Die ewige Absagerei :** cf. supra, n. 4, p. 48 et n. 12, p. 19.
9. **Die Rackerei :** *le travail de forçat, de galérien* ; par extension : *la plaie*, et fam. *la barbe, la galère*. Cf. **der Racker (-) :** *le coquin, la fripouille, le drôle* (fém. : *la drôlesse*).
10. **Karenz der Gebühren :** litt. *carence des droits, taxes, honoraires*, c.-à-d. *sans être payé.*

Wie lang werd' ich denn da noch sitzen bleiben ? Es muß Mitternacht vorbei sein... hab' ich's nicht früher schlagen hören ? — Was ist denn das... ein Wagen fährt da ? Um die Zeit ? Gummiradler [1] — kann mir schon denken... Die haben's besser wie ich — vielleicht ist es der Ballert mit der Berta... Warum soll's grad' der Ballert sein ? — Fahr' nur zu ! — Ein hübsches Zeug'l [2] hat Seine Hoheit in Przemysl gehabt... mit dem ist er immer in die Stadt hinuntergefahren zu der Rosenberg... Sehr leutselig war Seine Hoheit — ein echter Kamerad, mit allen auf du und du... War doch eine schöne Zeit... obzwar... die Gegend war trostlos [3] und im Sommer zum verschmachten [4]... an einem Nachmittag sind einmal drei [5] vom Sonnenstich getroffen worden... auch der Korporal [6] von meinem Zug — ein so verwendbarer Mensch... Nachmittag haben wir uns nackt aufs Bett hingelegt. — Einmal ist plötzlich der Wiesner zu mir hereingekommen ; ich muß grad' geträumt haben und steh' auf und zieh' den Säbel, der neben mir liegt... muß gut ausg'schaut haben... der Wiesner hat sich halb tot gelacht — der ist jetzt schon Rittmeister [7]... — Schad', daß ich nicht zur Kavallerie gegangen [8] bin... aber das hat der Alte nicht wollen — wär' ein zu teurer Spaß [9] gewesen — jetzt ist es ja doch alles eins... Warum denn ? — Ja, ich weiß schon : sterben muß ich, darum ist es alles eins — sterben muß ich...

---

1. **Gummiradler :** autr., vx, *attelage* (coche) conduit par des chevaux, dont les roues sont équipées de garnitures en caoutchouc (appelées « bandages » avant l'invention du pneumatique).
2. **Ein hübsches Zeug'l :** dim., fam., *un bel attelage* ; cf. l'alld **das Zeug (-e) :** *la chose, l'équipement* ; cf. également **das Zaumzeug (-e) :** *la bride, le rêne*, et **der Zügel (-) :** *le rêne* (de **ziehen :** *qui sert à tirer*).
3. **Trostlos :** *désolant, désespérant* ; cf. **der Trost :** *la consolation, le réconfort* et **trösten :** *consoler, réconforter* ; cf. également **es ist ein schwacher, magerer Trost ! :** iron. *c'est une bien piètre consolation !* ; **(wohl) nicht (ganz/recht) bei Trost(e) sein :** fam., *être à côté de ses pompes, se comporter bizarrement* et **tröste dich ! :** *ne t'en fais pas !*
4. **Zum verschmachten :** où **ver'schmachten**, infinitif substantivé,

Combien de temps vais-je devoir rester ici ? Il doit être minuit passé... Il me semble que j'ai entendu les douze coups ? Qu'est-ce que c'est que ça ? Une voiture qui passe ? À cette heure ? Des roues caoutchoutées ! Je vois ça d'ici... Il y en a qui ont la belle vie... Ce n'est pas comme moi... C'est peut-être Ballert avec Berthe !... Pourquoi serait-ce Ballert ? Allez, hue ! Il avait une jolie voiture, Son Altesse, à Przemysl... Il la prenait tout le temps pour aller voir la Rosenberg, en ville... Très affable, Son Altesse, un vrai camarade, à tu et à toi avec tout le monde.... C'était le bon temps... Encore que le pays soit sinistre... Et quelle chaleur en été ! Une fois, un après-midi, il y en a eu trois qui ont attrapé une insolation... Et le caporal de ma section aussi, un homme si précieux... L'après-midi, nous nous étendions tout nus sur nos lits. Une fois Wiesner est entré en coup de vent chez moi. Je devais rêver à ce moment-là : je me dresse sur mon séant, prends mon sabre à côté de moi et le tire du fourreau... Je devais avoir une de ces touches... Wiesner était mort de rire. Il est déjà capitaine, maintenant, capitaine de cavalerie... Dommage que je ne sois pas entré dans la cavalerie... Mais ça, le vieux n'a jamais voulu ! Cette « plaisanterie » aurait coûté trop cher ! Maintenant plus rien n'a d'importance ! Pourquoi donc ? Ah, oui ! Je sais ! Parce qu'il faut que je me tue ! Voilà pourquoi plus rien n'a d'importance ! Il faut que je meure...

---

devrait comporter une majuscule ; ce vb., intr., signifie : *languir, se consumer* ; **in der Hitze, vor Durst (fast) verschmachten :** *mourir (pratiquement) de chaleur, de soif.*

5. **Drei :** *trois*, sous-entendu « de mon grade » ; le « caporal », dont il est question juste après dans le texte, est d'un rang inférieur.
6. **Der Korporal (-e** ou **-äle) :** *le caporal.*
7. **Der Rittmeister (-) :** *le capitaine de cavalerie* ; de **reiten (i, i) :** *monter, chevaucher* ; ne pas confondre **der Reiter (-) :** *le cavalier* et **der Ritter (-) :** *le chevalier.*
8. **Zur Kavallerie gehen :** *entrer dans la cavalerie.*
9. **Ein zu teurer Spaß :** fam. *une plaisanterie trop chère*, expr. où **teuer** est à prendre dans son sens propre, c.-à-d. *qui occasionne de trop grandes dépenses* ; ici, évidemment, amer et iron.

Also wie ? — Schau, Gustl, du bist doch extra [1] da herunter in den Prater gegangen, mitten in der Nacht, wo dich keine Menschenseele stört [2] — jetzt kannst du dir alles ruhig überlegen... Das ist ja lauter [3] Unsinn mit Amerika und quittieren, und du bist ja viel zu dumm, um was anderes anzufangen [4] — und wenn du hundert Jahr alt wirst, und du denkst dran, daß dir einer hat den Säbel zerbrechen wollen und dich einen dummen Buben geheißen, und du bist dag'standen und hast nichts tun können — nein, zu überlegen ist da gar nichts — gescheh'n ist gescheh'n — auch das mit der Mama und mit der Klara ist ein Unsinn — die werden's schon verschmerzen [5] — man verschmerzt alles... Wie hat die Mama gejammert, wie ihr Bruder gestorben ist — und nach vier Wochen hat sie kaum mehr dran gedacht... auf den Friedhof ist sie hinausgefahren... zuerst alle Wochen, dann alle Monat [6] — und jetzt nur mehr am Todestag. — Morgen ist mein Todestag — fünfter April. — Ob sie mich nach Graz überführen ? Haha ! da werden die Würmer [7] in Graz eine Freud' haben ! — Aber das geht mich nichts an — darüber sollen sich die andern den Kopf zerbrechen... Also, was geht mich denn eigentlich an ? ... Ja, die hundertsechzig Gulden für den Ballert — das ist alles — weiter brauch ich keine Verfügungen zu treffen. — Briefe schreiben ? Wozu denn ? An wen denn ?... Abschied nehmen ? — Ja, zum Teufel hinein [8], das ist doch deutlich genug, wenn man sich totschießt ! — Dann merken's die andern schon, daß man Abschied genommen [9] hat...

---

1. **Extra :** adv., *spécialement, exprès ; à part* ; **etw. extra einpacken :** *emballer qqch. à part, faire un paquet spécial pour qqch. ; en plus, en supplément* ; **das Frühstück wird extra bezahlt :** *le petit déjeuner est en supplément (n'est pas inclus).* S'emploie aussi, fam., comme adj., **eine extra Belohnung :** *une récompense exceptionnelle.*
2. **Wo keine Menschenseele dich stört :** litt. *où il n'y a pas une âme pour te déranger.*
3. **Lauter :** attention à ce mot ! Ici, adv. : *ne... que* ; cf. **das sind lauter Lügen :** *ce ne sont que des mensonges.* Sinon, adj. : *sans alliage, sans mélange, sincère* ; cf. **lauteres Gold :** *de l'or pur* ; **lautere Absichten : des intentions loyales** ; **lautere Wahrheit :** *la pure vérité.* **Lauter** peut être aussi le comparatif de **laut :** *fort (bruit),* et donc signifier : *plus fort.*
4. **Was anderes anzufangen :** (**was** pour **etwas**) cf. **etwas 'an-**

Mais alors, comment ? Voyons, Gustel, tu es bien venu exprès au *Prater*, en pleine nuit, où il n'y a pas âme qui vive, n'est-ce pas ? Nul ne te dérange, Gustel ? Et maintenant, tu peux faire le point en toute tranquillité... C'est absurde que de quitter l'armée et de partir pour l'Amérique ! Et tu es bien trop bête pour faire autre chose ! Et si tu vis cent ans et que tu penses pendant tout ce temps que quelqu'un a voulu casser ton sabre et t'a traité de « petit imbécile ! » et que tu n'as pas bronché, incapable que tu étais de faire quoi que ce soit ?... Non ! Il n'y a pas à réfléchir, ce qui est fait est fait. C'est comme l'idée d'aller voir maman et Clara, ça aussi, c'est absurde. Elles se consoleront ! On se console de tout ! Je me souviens du chagrin de maman, quand son frère est mort. Au bout de quatre semaines, c'est tout juste si elle y pensait encore... Et le cimetière ? Là aussi, elle y est allée... Tout d'abord toutes les semaines, puis tous les mois, et maintenant, elle n'y va plus que le jour anniversaire de sa mort. Demain est le jour de ma mort. Le 5 avril sera le jour anniversaire de ma mort ! Vont-ils transporter le corps à Graz ? Ah ! ah ! Les vers vont s'en donner à cœur joie ! Mais cela ne me regarde plus ! C'est aux autres de se casser la tête... Et moi ? Qu'est-ce qui me regarde ?... Les cent soixante florins pour Ballert, c'est tout. Sinon je n'ai aucune disposition à prendre. Écrire des lettres ? Dans quel but ? Et à qui ?... Faire mes adieux ? Bigre ! N'est-ce pas faire assez clairement ses adieux que de se tuer ? Cela n'échappera à personne que j'ai pris congé !

---

fangen, ici : *entreprendre, faire* ; **etw. richtig, verkehrt anfangen :** *s'y prendre bien, mal avec qqch.* ; **heute ist mit ihm nichts anzufangen** (syn. de **er ist heute nicht in Form, nicht ansprechbar**) : *aujourd'hui, il n'est pas en forme* (fam., *il n'y a rien à en tirer*), *on ne peut rien faire avec lui.*

5. **Etw. ver'schmerzen :** *se consoler, prendre son parti de qqch., surmonter (sa douleur, son chagrin).*
6. **Alle Monat :** pour **alle Monate :** *tous les mois* ; de **der Monat (-e) :** *le mois.*
7. **Der Wurm (¨er) :** *le ver.*
8. **Zum Teufel hinein :** *bigre ! bougre ! diantre ! peste ! sacrebeu ! fichtre !* ; on rencontre plutôt **zum Teufel !** Ou **zum Teufel noch (ein)mal !**
9. **Abschied nehmen (a, o, i) von :** *prendre congé de.*

Wenn die Leut' wüßten, wie egal mir [1] die ganze Geschichte ist, möchten sie mich gar nicht bedauern [2] — ist eh' nicht schad' um mich... Und was hab' ich denn vom ganzen Leben gehabt ? — Etwas hätt' ich gern noch mitgemacht [3] : einen Krieg — aber da hätt' ich lang' warten können... Und alles übrige kenn' ich... Ob so ein Mensch Steffi oder Kunigunde heißt, bleibt sich gleich. — Und die schönsten Operetten kenn' ich auch — und im Lohengrin [4] bin ich zwölfmal drin gewesen — und heut' abend war ich sogar bei einem Oratorium — und ein Bäckermeister hat mich einen dummen Buben geheißen — meiner Seel', es ist grad' genug ! — Und ich bin gar nimmer neugierig... — Also geh'n wir nach Haus, langsam, ganz langsam... Eile [5] hab' ich ja wirklich keine. — Noch ein paar Minuten ausruhen da im Prater, auf einer Bank — obdachlos [6]. — Ins Bett leg' ich mich ja doch nimmer — hab' ja genug Zeit zum Ausschlafen. — Ah, die Luft ! — Die wird mir abgeh'n...

Was ist denn ? — He, Johann, bringen S' [7] mir ein Glas frisches Wasser... Was ist ?... Wo... Ja, träum' ich denn ?... Mein Schädel... o, Donnerwetter... Fischamend [8]... Ich bring' die Augen [9] nicht auf ! — Ich bin ja angezogen ! — Wo sitz ich denn ? — Heiliger Himmel, eingeschlafen bin ich ! Wie hab' ich denn nur schlafen können ; es dämmert [10] ja schon ! — Wie lang' hab' ich denn geschlafen ? — Muß auf die Uhr schau'n... Ich seh' nichts ?... Wo sind denn meine Zündhölzeln [11] ?...

---

1. **Jdm etw. egal sein :** *être égal, indifférent à qqn* ; *indifférent* se dit aussi : **gleichgültig**, même construction.
2. **Bedauern :** *regretter.*
3. **Mitmachen :** de **machen :** *faire* et **mit :** *avec*, c.-à-d. *participer à, prendre part à* ; cf. l'expr. **das mache ich nicht mit :** *je ne marche pas, je ne suis pas d'accord pour (faire) ça.*
4. **Lohengrin :** personnage célèbre de la mythologie et de la littérature germanique, Lohengrin est connu également sous le nom de **Schwanenritter :** *Chevalier au Cygne* ; il s'agit ici de l'opéra de Wagner (1850), que Gustel est allé entendre douze fois, fréquence qui semble marquer une particulière prédilection du personnage pour cette œuvre et ce qu'elle véhicule.
5. **Die Eile (-) :** *la hâte* ; cf. **in Eile sein :** *être pressé* ; **in aller Eile :** *en toute hâte* ; **ich habe es eilig** : *je suis pressé* ; **eilen, sich beeilen :** *se dépêcher, se hâter* ; **es eilt :** *cela presse, c'est pressé* et **eile mit Weile :** *hâte-toi lentement.*

Si les gens savaient à quel point toute cette histoire m'indiffère, ils ne me plaindraient même pas ! Que je ne sois plus là ne sera une perte pour personne... Et la vie, que m'a-t-elle donné ? Il y a une chose que j'aurais aimé faire : une guerre ! Mais là, il aurait fallu attendre... Et tout le reste je connais... Que de telles catins s'appellent Steffi ou Cunégonde, je ne vois pas la différence. Je connais aussi les plus belles opérettes, et je suis allé voir *Lohengrin* douze fois et, ce soir, j'ai même assisté à un oratorio et un boulanger m'a traité de « petit imbécile ! ». Bonté divine ! Ça commence à bien faire ! Et je n'éprouve même plus de curiosité... Bon, rentrons à la maison, doucement, tout doucement... Pressé ? Je ne suis vraiment pas pressé. Je vais me reposer encore quelques minutes, là, au *Prater*, pauvre officier sans abri que je suis ! Mon lit ? Je ne m'y allongerai de toute façon plus jamais... Et puis j'aurai l'éternité pour dormir tout mon soûl. Ah, cet air ! Il va me manquer...

Qu'est-ce qu'il se passe ? Hé, Johann, apportez-moi un verre d'eau fraîche... Qu'est-ce que c'est ?... Où suis-je ?... Je rêve ou quoi ?... Mal au crâne... Nom de Dieu de nom de Dieu de bon Dieu !... Je n'arrive pas à ouvrir les yeux ! Mais je suis habillé ! Je suis assis où, là ? Bonté divine, je me suis endormi ! Comment ai-je donc pu dormir ? L'aube point à l'horizon... Combien de temps ai-je dormi ? Il faut que je regarde ma montre... Je ne vois rien ?... Où sont mes allumettes ?...

---

6. **Obdachlos :** cf. supra, n.10, p. 65.
7. **Bringen'S :** pour **bringen Sie**, forme de politesse.
8. **Fischamend :** nom d'un lieu situé en aval du Danube, qui semble faire parti du juron : **Donnerwetter... Fischamend !**, soit, litt. *Milles Tonnerres... Fischamend !*
9. **Die Augen 'aufbringen :** fam. pour **öffnen**, mais avec l'idée de *ne pas parvenir à* (**bringen**) *ouvrir* (**auf-**), d'*ouvrir avec difficulté* ; cf. également **die Tür kaum aufbringen :** même sens.
10. **Dämmern :** *poindre, commencer à faire jour, nuit* ; cf. **die Dämmerung** qui signifie, suivant le moment de la journée, *l'aube* ou *le crépuscule* ; cf. également **die Götterdämmerung :** *le crépuscule des Dieux.*
11. **Zündhölzeln :** pour **Streichhölzer, das Streichholz (¨er) :** *l'allumette.*

Na, brennt eins an ?... Drei ... und ich soll mich um vier duellieren [1] — nein, nicht duellieren — totschießen soll ich mich ! — Es ist gar nichts mit dem Duell ; ich muß mich totschießen, weil ein Bäckermeister mich einen dummen Buben genannt hat... Ja, ist es denn wirklich g'scheh'n ? — Mir ist im Kopf so merkwürdig [2]... wie in einem Schraubstock [3] ist mein Hals — ich kann mich gar nicht rühren — das rechte Bein ist eingeschlafen. — Aufstehn ! Aufstehn !... Ah, so ist es besser ! — Es wird schon lichter [4]... Und die Luft... ganz wie damals in der Früh [5], wie ich auf Vorposten [6] war und im Wald kampiert [7] hab'... Das war ein anderes Aufwachen — da war ein anderer Tag vor mir... Mir scheint, ich glaub's noch nicht recht — Da liegt die Straße, grau, leer — ich bin jetzt sicher der einzige Mensch im Prater. — Um vier Uhr früh war ich schon einmal herunten [8], mit'm Pausinger — geritten sind wir — ich auf dem Pferd vom Hauptmann Mirovic und der Pausinger auf seinem eigenen Krampen [9] — das war im Mai, im vorigen Jahr — da hat schon alles geblüht — alles war grün. Jetzt ist's noch kahl — aber der Frühling kommt bald — in ein paar Tagen ist er schon da. — Maiglöckerln [10], Veigerln [11] — schad', daß ich nichts mehr davon haben werd' — jeder Schubiak [12] hat was davon, und ich muß sterben ! Es ist ein Elend ! Und die andern werden im Weingartl [13] sitzen beim Nachtmahl, als wenn gar nichts g'wesen wär' — so wie wir alle im Weingartl g'sessen sind, noch am Abend nach dem Tag, wo sie den Lippay hinausgetragen haben...

---

1. **Sich duellieren :** *se battre en duel* ; cf. **das Duell (-e) :** *le duel.*
2. **Mir ist so merkwürdig :** de **merkwürdig :** *étrange, singulier* ; cf. **Merkwürdigerweise :** *curieusement.*
3. **Der Schraubstock (¨-e) :** *l'étau* ; cf. **schrauben :** *visser, boulonner.*
4. **Es wird lichter :** de **licht :** *lumineux, clair* ; **es wird licht** : *il commence à faire jour* et **es ist heller, lichter Tag :** *il fait grand jour.*
5. **In der früh**, pour **in der Frühe :** *de bonne heure.*
6. **Auf Vorposten sein** ou **stehen :** *être en avant-poste* ; **der Vorposten :** *l'avant-poste* ; **auf feindliche Vorposten stoßen** : *tomber sur des avant-postes ennemis.*
7. **Kampiert :** de **kampieren :** du fr. *camper* ; cf. **du kannst bei uns auf dem Sofa kampieren :** *tu peux dormir chez nous sur le canapé.*

Bon, je vais y arriver ou non à en allumer une ?... Trois heures... Et mon duel, à quatre heures ? Non, je ne vais pas me battre en duel ! Je vais me tirer une balle parce qu'un boulanger m'a traité de « petit imbécile ! »... Ah bon..., c'est vraiment arrivé ? Comme c'est bizarre, dans ma tête... C'est comme si un étau me serrait le cou... Je ne peux pas le bouger... J'ai des fourmis dans la jambe droite. Debout ! Debout !... Ah, ça va mieux, comme ça ! Il fait plus clair... Et l'air... Il est exactement comme autrefois lorsque j'étais en avant-poste et que je campais dans la forêt, à l'aube... Mais c'était un autre réveil. Et un autre jour m'attendait alors... J'ai l'impression que j'ai encore du mal à y croire. La route est devant moi, grise, déserte, Je suis certainement la seule âme qui vive au *Prater*. Un jour, à quatre heures du matin, j'étais là, au *Prater*, avec Pausinger. Nous étions venus à cheval. Moi, je montais le cheval du capitaine Mirovic. Pausinger, lui, sa vieille haridelle ! C'était en mai de l'année dernière. Tout était en fleurs, tout était vert. Maintenant tout est encore dénudé. Mais le printemps approche, dans quelques jours il sera là. Il y aura du muguet, des violettes. Dommage ! Je n'en profiterai pas. Le dernier des pedzouilles va en profiter, et moi, il faut que je meure ! Quelle misère ! Et les autres dîneront dehors au *Weingartl*, comme si de rien n'était, comme nous l'avons fait le lendemain du jour où Lippay a été conduit au cimetière.

---

8. **Herunten :** alld du Sud, autr., ≈ alld **hier unten :** *là, en bas.*
9. **Der Krampen :** vienn., *la haridelle,* ≈ alld **die (alte) Mähre (-n) :** *le mauvais cheval, la (vieille) carne, la (vieille) rosse.*
10. **Maiglöckerln :** dim. autr., ≈ alld **Maiglöckchen**.
11. **Veigerln :** bav. et autr., ≈ alld **Veigelein**, terme tombé en désuétude, aujourd'hui **Veilchen**.
12. **Der Schubiak :** cf. alld **der Schubiack :** *(l'homme) misérable, le vaurien.*
13. **Im Weingartl :** terme composé à partir de **der Wein (-e) :** et de **-Gartl**, ≈ alld **Gärtchen**, dim. autr. de **der Garten (¨) :** *le jardin* ; nom donné en Autriche à des restaurants où l'on peut, en plein air, dans des jardins, boire du vin et prendre un repas simple.

Und der Lippay war so beliebt[1] ... sie haben ihn lieber g'habt, als mich, beim Regiment — warum sollen sie denn nicht im Weingartl sitzen, wenn ich abkratz'[2] ? — Ganz warm ist es — viel wärmer als gestern — und so ein Duft — es muß doch schon blühen[3]... Ob die Steffi mir Blumen bringen wird ? — Aber fallt[4] ihr ja gar nicht ein ! Die wird grad' hinausfahren... Ja, wenn's noch die Adel'[5] wär'... Nein, die Adel' ! Mir scheint, seit zwei Jahren hab' ich an die nicht mehr gedacht... mein Lebtag hab' ich kein Frauenzimmer so weinen[6] geseh'n... Das war doch eigentlich das Hübscheste, was ich erlebt hab'... So bescheiden, so anspruchslos[7], wie die war — die hat mich gern gehabt, da könnt' ich drauf schwören. — War doch was ganz anderes, als die Steffi... Ich möcht' nur wissen, warum ich die aufgegeben hab'... so eine Eselei[8] ! Zu fad[9] ist es mir geworden, ja, das war das Ganze... So jeden Abend mit ein und derselben ausgeh'n... Dann hab' ich eine Angst g'habt, daß ich überhaupt nimmer loskomm' — eine solche Raunzen[10] — Na, Gustl, hätt'st schon noch warten können — war doch die einzige, die dich gern gehabt hat... Was sie jetzt macht ? Na was wird s' machen ? — Jetzt wird s' halt einen andern haben... Freilich, das mit der Steffi ist bequemer — wenn man nur gelegentlich[11] engagiert ist und ein anderer hat die ganzen Unannehmlichkeiten[12], und ich hab' nur das Vergnügen... Ja, da kann man auch nicht verlangen, daß sie auf den Friedhof hinauskommt... Wer ging denn überhaupt mit, wenn er nicht müßt' !

---

1. **Beliebt :** *aimé, estimé, populaire* ; cf. également **sich großer Beliebtheit er'freuen :** *jouir d'une grande popularité, d'une grande faveur.*
2. **Abkratz' :** pour **abkratze**, de **'abkratzen :** pop., vx, *crever, clamser* ; sinon **abkratzen :** *gratter, enlever* ; cf. **Schuhe, einen Topf abkratzen :** *décrotter ses chaussures, gratter la marmite.*
3. **Blühen :** *être en fleurs, fleurir* ; **die Blume (-n) :** *la fleur* ; **die Blüte (-n) :** *la fleur, la floraison* ; **in Blüte stehen :** *être en fleur(s).*
4. **Fallt :** pour **fällt**.
5. **Die Adel' :** pour **die Adele**.
6. **Weinen :** les pleurs, auxquels ce vb. renvoie, ont été versés lors de la rupture, voulue par Gustel, rupture à laquelle il est fait allusion quelques lignes plus loin dans le texte.
7. **Anspruchslos :** *sans prétention, peu exigeant* ; **der Anspruch (¨e) :**

Et pourtant il était aimé, Lippay ! Ils l'aimaient plus que moi, au régiment. Alors pourquoi ne dîneraient-ils pas au *Weingartl* le soir où je crève ?... Il fait bon, très bon, bien meilleur qu'hier. Et quel parfum ! Certains arbres sont certainement déjà en fleurs... Est-ce que Steffi mettra des fleurs sur ma tombe ? Bah, ça ne lui viendra même pas à l'idée ! C'est pas celle-là qui va se déplacer... Ah, si c'était Adèle qui était encore mon amie ?... Adèle ? Non... Cela fait bien deux ans que je n'ai plus pensé à elle. De ma vie je n'ai vu femme pleurer autant... Je dois dire que c'était la plus jolie que j'aie jamais eue... Si modeste, si peu exigeante. Elle m'aimait bien, j'en jurerais. C'était tout à fait autre chose que Steffi... J'aimerais bien savoir pourquoi je l'ai quittée. Quelle bêtise ! C'était devenu trop ennuyeux pour moi. Oui, c'était tout un ensemble... Tous les soirs sortir avec la même femme... Et puis j'ai eu peur de ne plus pouvoir m'en débarrasser. Quelle casse-pieds ! T'aurais pu attendre un peu, Gustel. C'était bien la seule qui t'ait vraiment aimé... Que fait-elle maintenant ? Qu'est-ce qu'elle peut bien faire, hein ? Elle en aura trouvé un autre, tiens !... C'est sûr qu'avec Steffi, c'est plus commode... Quand on ne s'engage qu'assez peu pour ne jouir que des choses agréables et qu'un autre endosse les désagréments, on peut difficilement exiger qu'elle se rende au cimetière... D'ailleurs, qui donc se dérangerait s'il n'était dans l'absolue nécessité de le faire ?

---

la prétention ; **auf etw.** + A. **Anspruch er'heben :** *prétendre à, revendiquer qqch.* ; **(k)einen Anspruch auf etw. haben :** *avoir droit (n'avoir aucun droit) à qqch.*

8. Die Eselei : *l'ânerie, la bêtise* ; cf. fam., **du Esel ! :** *espèce d'âne !* ; **du alter Esel ! :** *âne bâté !, bourrique !*

9. Fad : alld du Sud, autr. : *sans intérêt*, dans le sens de *dénué de charme.*

10. Eine solche Raunzen : autr., *qqn qui « râle » tout le temps, qui ennuie son monde.*

11. Gelegentlich : *à l'occasion, parfois* ; **die Gelegenheit (-en) :** *l'occasion* ; **die Gelegenheit er'greifen/ver'passen :** *saisir/manquer l'occasion.*

12. Unannehmlichkeiten : cf. **die Annehmlichkeiten :** *les commodités, les agréments* ; **die Annehmlichkeiten des Lebens :** *les commodités de la vie* ; ici, iron.

— Vielleicht der Kopetzky, und dann wär' Rest [1] ! — Ist doch traurig, so gar niemanden zu haben...

Aber so ein Unsinn ! der Papa und die Mama und die Klara... Ja, ich bin halt der Sohn, der Bruder... aber was ist denn weiter zwischen uns ? gern haben sie mich ja — aber was wissen sie denn von mir ? — Daß ich meinen Dienst mach', daß ich Karten spiel' und daß ich mit Menschern herumlauf' [2]... aber sonst ? — Daß mich manchmal selber vor mir graust [3], das hab' ich ihnen ja doch nicht geschrieben — na, mir scheint, ich hab's auch selber gar nicht recht gewußt — Ah was [4], kommst du jetzt mit solchen Sachen, Gustl ? Fehlt nur noch, daß du zum Weinen anfangst... pfui Teufel ! — Ordentlich Schritt... so ! Ob man zu einem Rendezvous geht oder auf Posten [5] oder in die Schlacht... wer hat das nur gesagt ?... ah ja, der Major Lederer, in der Kantin', wie man von dem Wingleder erzählt hat, der so blaß geworden ist vor seinem ersten Duell — und gespieben [6] hat... Ja : ob man zu einem Rendezvous geht oder in den sichern Tod, am Gang und am G'sicht laßt [7] sich das der richtige Offizier nicht anerkennen [8] ! — Also Gustl — der Major Lederer hat's g'sagt ! ha ! —

Immer lichter... man könnt' schon lesen... Was pfeift denn da ?... Ah, drüben ist der Nordbahnhof [9]... Die Tegetthoffsäule [10]... so lang hat sie noch nie ausg'schaut... Da drüben stehen Wagen... Aber nichts als Straßenkehrer auf der Straße... meine letzten Straßenkehrer — ha ! ich muß immer lachen, wenn ich dran denk'... das versteh' ich gar nicht...

---

1. **Und dann wär' Rest ! :** fam., autr., signifie litt. *et ensuite ce serait fini !*
2. **Mit Menschern herumlauf' :** de **'herumlaufen :** *se promener, traîner*, avec l'idée, soit de *flâner*, soit de *rôder* ; et *aller (vêtu de telle ou telle façon, avec telle ou telle allure)*, cf. **wie ein Hippie herumlaufen**.
3. **Mich graust selber vor mir :** de **grausen**, vb. impers. : **es graust mir, mich vor** ; cf. **sie graust sich vor Spinnen :** *elle a horreur des araignées*. On rencontre plus fréquemment **grauen, es graut mir, mir graut vor :** *j'ai horreur de, je frissonne, frémis devant.*
4. **Ah was :** on rencontre plus fréquemment **ach was**.
5. **Auf Posten (gehen/ziehen) :** cf. milit., **auf Posten stehen :** *être en sentinelle, de faction, de garde* et **auf verlorenem Posten stehen (oder) kämpfen :** *défendre une position perdue.*

Kopetzky, peut-être ? Oh, et puis zut ! C'est triste de n'avoir personne...

Enfin... pas exactement ! Papa, maman et Clara... Oui, je suis leur fils, leur frère... Mais qu'y a-t-il d'autre entre nous ? Ils m'aiment bien, d'accord, mais que savent-ils donc de moi ? Que je fais mon service, que je joue aux cartes et que je fréquente des grues... Quoi d'autre ? Je ne leur ai pas écrit, que je sache, que parfois je me fais horreur à moi-même. Il me semble que je l'ignorais moi-même. Allons, allons, Gustel ! Qu'est-ce que tu nous racontes là, hein ? Il ne manquerait plus que tu te mettes à pleurer maintenant ! J'aurais honte, à ta place ! En avant, marche !... Voilà ! Qu'on aille à un rendez-vous, aux manœuvres ou au combat... Qui donc nous disait cela ? Ah, oui ! Le capitaine Lederer, à la cantine, quand on lui a raconté à quel point Wingleder était devenu blême avant son premier duel et qu'il avait vomi... Oui : « Qu'il ait un rendez-vous avec l'amour ou avec la mort, un véritable officier ne doit rien laisser transparaître : son visage doit rester impassible, sa démarche assurée ! » Voilà, Gustel, ce que le capitaine Lederer a dit ! C'est cela !

Il fait de plus en plus clair... On voit déjà assez pour lire... Qu'est-ce qui siffle, là ?... Ah, là-bas, c'est la gare du Nord... La colonne Tegetthoff... Jamais elle ne m'a paru aussi longue... Là-bas, des voitures... Mais il n'y a que des balayeurs dans la rue... Les derniers balayeurs qu'il me soit donné de voir : *mes* derniers balayeurs. Ah, je ne peux pas m'empêcher de rire, quand j'y pense... Je ne comprends rien du tout à tout ça...

---

6. **Gespieben :** de **speiben (ie, ie) :** alld du Sud, autr., très fam., *rendre, vomir,* ≈ alld **kotzen**.
7. **Laßt :** pour **läßt**.
8. **'Anerkennen lassen (daß) an** + D. : *montrer, laisser voir... à ... (que)* ; **anerkennen (a, a) :** *reconnaître* ; **anerkennenswert :** *digne d'être reconnu.*
9. **Der Nordbahnhof :** cette gare du Nord, qui était la gare dite « de l'Empereur Ferdinand » (**Kaiser-Ferdinands-Nordbahn**), à proximité du *Prater*, a été détruite en 1944/1945. Les trains en partance de cette gare étaient à destination de Brünn, aujourd'hui Brno, ville située en Tchécoslovaquie, près de Prague.
10. **Die Tegetthoffsäule :** cette colonne de onze mètres de haut, est un monument situé au rond-point du *Prater* (**auf dem Praterstern**) : édifiée en l'honneur de l'amiral autr. Wilhelm Freiherr von Tegetthoff (1827-1871), qui vainquit les Danois à Helgoland (1864) et les Italiens à Lissa (1866) ; elle est hérissée d'éperons de vaisseau en bronze (ce qui lui a valu le surnom de « portemanteau » !) et est surmontée d'une statue en bronze de trois mètres cinquante.

Ob das bei allen Leuten so ist, wenn sie's einmal ganz sicher wissen ? Halb vier auf der Nordbahnuhr... jetzt ist nur die Frage, ob ich mich um sieben nach Bahnzeit oder nach Wiener Zeit erschieß' [1] ?... Sieben... ja, warum grad' sieben ?... Als wenn's gar nicht anders sein könnt'... Hunger hab' ich — meiner Seel', ich hab' Hunger — kein Wunder... seit wann hab' ich denn nichts gegessen ?... Seit — seit gestern sechs Uhr abends im Kaffeehaus... ja ! Wie mir der Kopetzky das Billett gegeben hat — eine Melange [2] und zwei Kipfel [3]. — Was der Bäckermeister sagen wird, wenn er's erfahrt [4] ?... der verfluchte Hund ! — Ah, der wird wissen, warum — dem wird der Knopf aufgeh'n [5] — der wird draufkommen [6], was es heißt : Offizier ! — So ein Kerl kann sich auf offener Straße prügeln lassen, und es hat keine Folgen, und unsereiner wird unter vier Augen insultiert [7] und ist ein toter Mann... Wenn sich so ein Fallot [8] wenigstens schlagen möcht' — aber nein, da wär' er ja vorsichtiger, da möcht' er sowas nicht riskieren... Und der Kerl lebt weiter, ruhig weiter, während ich — krepieren [9] muß ! — Der hat mich doch umgebracht... Ja, Gustl, merkst d' [10] was ? — der ist es, der dich umbringt ! Aber so glatt soll's ihm doch nicht ausgeh'n ! — Nein, nein, nein ! Ich werd' dem Kopetzky einen Brief schreiben, wo alles drinsteht, die ganze G'schicht' schreib' ich auf... oder noch besser : ich schreib's dem Obersten, ich mach' eine Meldung ans Regimentskommando... ganz wie eine dienstliche Meldung...

---

1. **Die Frage, ob ich mich um sieben nach Bahnzeit oder nach Wiener Zeit er'schieß (erschiesse) :** les heures des trains (**Bahnzeit**) se réglaient sur l'heure viennoise, aussi, plus les localités de la monarchie s'éloignaient de Vienne, moins l'heure des trains correspondait à l'heure locale ; autrement dit l'heure de la gare ne respectait pas le décalage horaire.
2. **Eine Melange :** *un café au lait.*
3. **Das Kipfel :** alld, ≈ autr., bav. **das Kipferl :** *le croissant* (**Hörnchen**).
4. **Erfahrt :** pour **erfährt**.
5. **Dem wird der Knopf 'aufgehen :** de **der Knopf**, autr., alld *le bouton*, pour **der Knoten :** *le nœud* et de **'aufgehen :** *s'ouvrir, se défaire*. Cf. l'expr. concrète **der Knoten ist aufgegangen :** *le nœud s'est défait* ; au sens fig., cette expr. signifie *comprendre,*

Est-ce que tous les gens réagissent comme moi, lorsqu'ils savent avec certitude ce qu'il en est ? Il est trois heures et demie à l'horloge de la gare du Nord... La seule question est maintenant de savoir si je me tue à l'heure de la gare ou à l'heure viennoise ?... Sept heures..., oui, pourquoi précisément à sept heures ? On dirait qu'il ne peut pas en être autrement... Faim ! J'ai faim ! Bonté divine, j'ai faim ! Pas étonnant..., je n'ai rien pris depuis quand ?... Depuis ? Depuis hier soir à six heures au café... C'est ça ! C'était quand Kopetzky m'a remis le billet. C'était un café au lait avec deux croissants. Que dira le boulanger quand il le saura ?... Ce maudit animal ! Ah, il saura pourquoi... Il comprendra, c'est sûr. Il verra ce que c'est que d'être officier ! Un type comme lui peut se faire rosser en pleine rue, et ce sera sans conséquences. Mais nous... Que l'un de nous se fasse insulter sans témoins et voilà un homme fini... Croyez-vous qu'un coquin de cette espèce irait se battre ? Non ! Il serait certes plus prudent que ça, il ne prendrait pas un pareil risque... Et l'animal va vivre, vivre en paix, alors que moi, je n'ai plus qu'à crever ! C'est bien lui pourtant qui m'a tué... Oui, Gustel, t'as saisi ? C'est lui qui t'achève ! Mais c'est qu'il ne va pas s'en tirer comme ça ! Non, non, non ! J'écrirai à Kopetzky, une lettre où je vais tout raconter, toute l'histoire... Ou encore, non, mieux que ça : je vais écrire au colonel..., je vais faire un rapport au commandement de la place, exactement comme un rapport de service...

---

prendre (tout à coup) conscience de qqch. ; **mir war noch nicht aufgegangen, was er von mir wollte ! :** *je n'avais pas encore compris ce qu'il voulait de moi !*

6. **Der wird 'draufkommen, was... :** de **kommen auf** + A. : cf. supra, n. 3, p. 50.
7. **Insultieren :** autr. (sinon rare), du fr. *insulter, offenser gravement.*
8. **Ein Fallot : der Fallot** ; aussi **Falott (-en) :** autr., fam., *le gredin, la crapule*, du lat. ***fallere :*** *tromper.*
9. **Krepieren :** *exploser* (projectile, grenade, obus), et pop., *crever* (animaux, hommes).
10. **Merkst d'** (première occurrence de l'élision d'un **u** en finale) **was ? :** pour **merkst du etwas ?**

Ja, wart', du glaubst, daß sowas geheim bleiben kann ? — Du irrst[1] dich — aufgeschrieben wird's zum ewigen[2] Gedächtnis, und dann möcht' ich sehen, ob du dich noch ins Kaffeehaus traust[3] — Ha ! — »das möcht' ich sehen«, ist gut !... Ich möcht' noch manches gern sehen, wird nur leider nicht möglich sein — aus is[4] !

Jetzt kommt der Johann in mein Zimmer, jetzt merkt er, daß der Herr Leutnant nicht zu Haus geschlafen hat. — Na, alles mögliche wird er sich denken ; aber daß der Herr Leutnant im Prater übernachtet[5] hat, das, meiner Seel', das nicht... Ah, die Vierundvierziger[6] ! zur Schießstätte marschieren s'[7] — lassen wir sie vorübergeh'n... so, stellen wir uns daher... — Da oben wird ein Fenster aufgemacht — hübsche Person — na, ich möcht' mir wenigstens ein Tüchel[8] umnehmen, wenn ich zum Fenster geh'... Vorigen Sonntag war's zum letztenmal... Daß grad' die Steffi die letzte sein wird, hab' ich mir nicht träumen lassen. — Ach Gott, das ist doch das einzige reelle[9] Vergnügen... Na ja, der Herr Oberst wird in zwei Stunden nobel[10] nachreiten... die Herren haben's gut[11] — ja, ja, rechts g'schaut ! — Ist schon gut... Wenn ihr wüßtet, wie ich auf euch pfeif' ! — Ah, das ist nicht schlecht : der Katzer... seit wann ist denn der zu den Vierundvierzigern übersetzt ? — Servus[12], servus ! — Was der für ein G'sicht macht ?... Warum deut'[13] er denn auf seinen Kopf ? — Mein Lieber, dein Schädel interessiert mich sehr wenig...

---

1. **Irren :** *errer ; faire fausse route, erreur* ; **irren ist menchlich :** *l'erreur est humaine* ; **sich irren :** *se tromper* ; **sich im Datum, in der Nummer irren :** *se tromper de date, de numéro.*
2. **Ewig :** *éternel, perpétuel* ; **der ewige Jude :** *le Juif errant* ; **ewig dauern :** *s'éterniser* ; cf. **die Ewigkeit :** *l'éternité.*
3. **Sich trauen in** + A. **:** *oser entrer dans, aller à* ; régit la prép. **in**, mais aussi d'autres prép. : **sie traut sich nicht allein in die Stadt, aus dem Haus :** *elle n'ose pas aller tout seule en ville, sortir de la maison* ; **sich trauen, etw. zu tun** : *oser, se risquer à faire qqch.*
4. **Aus is :** pour **es ist aus**.
5. **Übernachtet :** de **über'nachten :** *passer la nuit.*
6. **Die Vierundvierziger :** litt. *ceux du 44ᵉ.*
7. **Marschieren s' :** pour **marschieren sie**. Attention, **marschieren**, signifie en autr. *marcher*, sans connotation milit., alors qu'en alld,

Non mais, tu crois qu'une chose pareille peut rester secrète ? Tu te trompes. Par écrit ! Ce sera consigné par écrit et gardé en mémoire pour l'éternité. Et après je verrai bien si tu oses passer la porte du café. Ah ! ce « je verrai bien » n'est pas mal. Il y a tant de choses que j'aimerais bien voir encore, mais ce ne sera pas possible : c'est fichu !

À l'heure qu'il est Johann entre dans ma chambre et constate que monsieur le lieutenant a découché. Il va en imaginer, des choses ; mais pas que *monsieur* le lieutenant a passé la nuit au Prater, nom de Dieu, ça non ! Tiens, le 44e ! Ils marchent vers le champ de tir, laissons-les passer..., rangeons-nous, voilà... Là-haut quelqu'un ouvre une fenêtre. Beau brin de femme ! Tiens, si j'étais elle, je me mettrais quelque chose sur le dos quand je vais ouvrir la fenêtre... Dimanche dernier c'était la dernière fois que... Quand je pense que ç'aura été Steffi la dernière avec laquelle..., je n'aurais jamais imaginé ! Mon Dieu ! Ce plaisir-là est bien le seul plaisir qui compte... Allons, notre colonel les suivra dignement à cheval dans deux heures... Ces messieurs ne s'en font pas. Bon, bon ! le salut militaire. Ça va, ça va... Si vous saviez comme je m'en fous, de vous ! Tiens, c'est pas mal ! Katzer ! Depuis quand a-t-il donc été muté au 44e ? Salut, salut ! Il en fait une bille, celui-là ! Pourquoi me montre-t-il sa tête ? Mon vieux, ton crâne m'intéresse modérément...

---

le même mot signifie *marcher au pas, en groupe* ; on dira, par exemple, en alld, **ins Feld marschieren :** *partir en campagne* ; **marschierende Kolonnen :** *des colonnes en marche* ; **Panzerdivisionen marschieren gen Osten :** *des divisions blindées se déplacent vers l'Est.*

8. **Ein Tüchel :** dim. autr., ≈ alld **Tüchlein**.
9. **Reell :** *réel, correct, de qualité.*
10. **Nobel :** litt. *noblement*, ici iron.
11. **Es gut haben :** *ne pas s'en faire, avoir la belle vie* ; attention ! **Sie haben gut reden ! :** *vous en parlez à votre aise !*
12. **Servus ! :** surtout alld du Sud et autr., *Salut ! Bonjour !*
13. **Auf** + A. **deuten :** *indiquer, montrer du doigt* ; **alles deutet darauf hin, daß... :** *tout porte à croire que...* ; **deuten :** sans rection, signifie *interpréter, expliquer* ; **falsch deuten :** *mal interpréter.*

Ah, so ! Nein, nein Lieber, du irrst dich : im Prater hab' ich übernachtet... wirst schon heut' im Abendblatt [1] lesen. — »Nicht möglich !« wird er sagen, »heut' früh, wie wir zur Schießstätte ausgerückt sind, hab' ich ihn noch auf der Praterstraße getroffen !« — Wer wird denn meinen Zug [2] kriegen ? — Ob sie ihn dem Walterer geben werden ? — Na, da wird was Schönes herauskommen — ein Kerl ohne Schneid [3], der hätt' auch lieber Schuster werden sollen... Was, geht schon die Sonne auf ? — Das wird heut ein schöner Tag — so ein rechter Frühlingstag... Ist doch eigentlich zum Teufelholen ! — der Komfortabelkutscher [4] wird noch um achte [5] in der Früh auf der Welt sein, und ich... na, was ist denn das ? He, das wär' sowas — noch im letzten Moment die Kontenance [6] verlieren wegen einem Komfortabelkutscher... Was ist denn das, daß ich auf einmal so ein blödes Herzklopfen [7] krieg' ? — Das wird doch nicht deswegen sein... Nein, o nein... es ist, weil ich so lang' nichts gegessen hab'. — Aber Gustl, sei doch aufrichtig [8] mit dir selber : — Angst hast du — Angst, weil du's noch nie probiert [9] hast... Aber das hilft dir ja nichts, die Angst hat noch keinem was geholfen, jeder muß es einmal durchmachen [10], der eine früher, der andere später, und du kommst halt früher dran... Viel wert bist du ja nie gewesen, so benimm dich wenigstens anständig zu guter Letzt, das verlang' ich von dir ! — So, jetzt heißt's nur überlegen — aber was denn ?... Immer will ich mir was überlegen... ist doch ganz einfach :

---

1. **Das Abendblatt (¨er) :** litt. *la feuille du soir*, soit : *le journal du soir*. Ce mot est synonyme de **die Abendzeitung**. Cf. également **das Flugblatt (¨er) :** *le tract* ; **Flugblätter verteilen :** *distribuer des tracts*.
2. **Der Zug (¨e) :** *le train, le cortège*, milit. *l'expédition*, et, comme ici, *la section*.
3. **Ohne Schneid :** de **die Schneid :** alld du Sud, autr. ; même chose en alld, mais au masc. : *l'entrain, le ressort, le mordant* ; **Schneid haben :** *avoir du cran, de l'estomac ; ne pas avoir froid aux yeux*.
4. **Der Komfortabelkutscher :** *le cocher de fiacre* ; de **Komfortabel :** subst. vienn., ≈ alld **der Einspänner (-) (Mietwagen) :** *voiture (louée) à un cheval* et de **der Kutscher (-) :** *le cocher* ; **komfortabel**, adj., du fr., signifie *(très) confortable*.
5. **Um achte :** pour **um acht**.
6. **Die Kontenance :** du fr., style soutenu, ≈ alld **die Fassung,**

Ah bon ! Non, non, mon vieux, tu fais erreur : j'ai passé la nuit au *Prater*... Tu vas lire ça ce soir dans le journal. « Pas possible », dira-t-il, « ce matin, alors que nous allions au champ de tir, je l'ai rencontré sur la *Praterstraße* ! » Qui va hériter de ma section ? Peut-être qu'ils vont la donner à Walterer ? Eh bien, ça va être chouette ! Un type sans estomac. Il aurait mieux fait d'être cordonnier... Quoi ? Le soleil se lève déjà ? Ce sera une belle journée aujourd'hui, une vraie journée de printemps... Mais c'est infernal ! Ce cocher de fiacre sera encore de ce monde à huit heures du matin, et moi... Mais qu'est-ce qui se passe ? Hein ? Je ne vais pas, au dernier moment, perdre contenance à cause d'un cocher de fiacre... Ça veut dire quoi que, tout à coup, bêtement, mon cœur batte à se rompre ? Ce n'est tout de même pas à cause de... Non, oh non ! C'est parce que je n'ai rien dans le ventre depuis si longtemps. Allons Gustel, sois franc avec toi-même : peur, tu as peur, parce que tu y goûtes pour la première fois... Mais la peur ne te sera d'aucun secours, elle n'a jamais été d'aucun secours à quiconque. Chacun doit en passer par là, certains plus tôt, d'autres plus tard. Et toi, c'est ton tour plus tôt, c'est comme ça... T'as jamais valu grand-chose, alors essaie de te comporter décemment pour terminer, je suis en droit de l'exiger de toi ! Bon, il faut réfléchir maintenant. Mais à quoi ?... Il faut toujours que je réfléchisse... C'est pourtant simple :

---

die Haltung ; die Kontenance (ou **Contenance**) **wahren/ ver'lieren ≈ die Fassung be'wahren, verlieren :** *se dominer, garder son sang-froid, perdre contenance, se démonter.*

7. **Das Herzklopfen :** *les palpitations, les battements de cœur* ; **starkes, heftiges Herzklopfen haben, be'kommen :** *avoir le cœur qui bat à tout rompre, qui se met à battre violemment* ; **mit Herzklopfen :** *le cœur battant, qui bat la chamade.*
8. **Aufrichtig :** *sincère, direct, droit* ; **ein aufrichtiger Mensch :** *un homme franc* ; **aufrichtig** (également **ehrlich**) **:** *à vrai dire, pour parler franchement* ; **die Aufrichtigkeit :** *la droiture, la franchise.*
9. **Probieren :** *essayer, éprouver, mettre à l'essai ; goûter (des mets), déguster (du vin).*
10. **'Durchmachen :** *subir, passer par de dures épreuves* ; **sie haben Schreckliches durchgemacht :** *ils en ont vu de toutes les couleurs, ils ont traversé de terribles épreuves.*

— im Nachtkastelladel [1] liegt er, geladen ist er auch, heißt's nur : losdrucken — das wird doch keine Kunst sein ! —

Die geht schon ins Geschäft... die armen Mädeln ! die Adel' war auch in einem G'schäft — ein paarmal hab' ich sie am Abend abg'holt... Wenn sie in einem Geschäft sind, werd'n sie doch keine solchen Menscher... Wenn die Steffi mir allein g'hören möcht', ich ließ sie Modistin werden oder sowas... Wie wird sie's denn erfahren ? — Aus der Zeitung !... Sie wird sich ärgern, daß ich ihr's nicht geschrieben hab'... Mir scheint, ich schnapp' [2] doch noch über... Was geht denn das mich an, ob sie sich ärgert... Wie lang' hat denn die ganze G'schicht gedauert ?... Seit'm Jänner [3] ?... Ah nein, es muß doch schon vor Weihnachten gewesen sein... ich hab' ihr ja aus Graz Zuckerln [4] mitgebracht, und zu Neujahr hat sie mir ein Brieferl g'schickt... Richtig, die Briefe, die ich zu Haus hab', — sind keine da, die ich verbrennen sollt' ?... Hm, der vom Fallsteiner — wenn man den Brief findet... der Bursch könnt' Unannehmlichkeiten haben... Was mir das schon aufliegt [5] ! — Na, es ist ja keine große Anstrengung... aber hervorsuchen kann ich den Wisch nicht... Das beste ist, ich verbrenn' alles zusammen... wer braucht's denn ? Ist lauter Makulatur [6]. — Und meine paar Bücher könnt' ich dem Blany vermachen. — »Durch Nacht und Eis [7]«... schad', daß ich's nimmer auslesen kann... bin wenig zum Lesen gekommen in der letzten Zeit...

---

1. **Im Nachtkastelladel :** mot dans lequel **Ladel** est un dim. autr., ≈ alld **das Lädchen (-) :** *le (petit) tiroir*, qu'il ne faut pas confondre avec **der Laden (¨) :** *le magasin* ; cf. **die Schublade (-n) :** *le tiroir.* **Nachtkastel :** autr., fait à partir de **Nacht-** et de **-kastel** ; **-kastel :** dim. autr., ≈ alld **Kästchen** ; lui-même dérivé de **der Kasten (¨) :** *la boîte* ; cf. également **der Nachttisch (-e) :** *la table de nuit.*
2. **'Überschnappen :** fam. **ich schnappe hier noch mal über ! :** *là, je deviens dingue, cinglé !* ; s'emploie surtout au part. II, cf. **du bist wohl völlig, total übergeschnappt ! :** *tu es complètement cinglé, marteau !*
3. **Seit'm Jänner :** pour **seit dem Jänner**, autr., pour **Januar**.
4. **Zuckerln :** autr., ≈ alld **Süßigkeiten :** *bonbons.*
5. **Was mir das schon 'aufliegt ! :** de **jdm aufliegen** ; vx, syn. de **etw. drückt auf jdn :** *qqch. lui pèse* ; **etw. liegt jdm hart,**

mon revolver se trouve dans le tiroir de ma table de nuit, il est chargé. Il suffit d'appuyer sur la gâchette : ce sera un jeu d'enfant !

Tiens, celle-ci va déjà à son magasin..., les pauvres filles ! Adèle travaillait aussi dans un magasin. Je suis allé la chercher quelque fois le soir... Quand elles travaillent dans un magasin, elles ne deviennent pas des grues comme les autres... Si Steffi était à moi tout seul, je l'établirais comme modiste ou quelque chose comme ça... Comment va-t-elle apprendre ma mort ? Par le journal ! Elle ne va pas être contente que je ne lui aie pas annoncé ça par lettre... Je crois que je deviens cinglé... Qu'est-ce que ça peut me faire qu'elle soit contente ou non... Combien de temps a duré notre liaison ?... Depuis janvier ? Non, ça doit dater d'avant Noël... Je lui ai rapporté des bonbons de Graz, et elle m'a écrit pour le jour de l'an... Au fait, les lettres que j'ai chez moi, n'y en a-t-il pas que je devrais brûler ?... Hem ? Celle de Fallsteiner. Si l'on trouvait la lettre, il pourrait avoir des ennuis, le gars... Qu'est-ce que cela peut bien me faire ? Allons, ce n'est pas un gros effort... Mais chercher ce chiffon dans le tas de paperasse... Non, le mieux à faire, c'est de tout brûler. Qui va s'intéresser à ça ? Ce ne sont que des vieux papiers. Quant aux quelques livres que je possède, je pourrais les léguer à Blany. *À travers la nuit et la glace*, ... dommage que je ne puisse pas finir de le lire, ce livre... J'ai peu eu l'occasion de lire, ces derniers temps...

---

schwer auf (Last, Pflicht, Verantwortung) : *qqch. lui est un fardeau (devoir, responsabilité), un poids, une chose très pénible.*

6. **Ist lauter Makulatur :** de **die Makulatur :** *papier de rebut*, ou *grossier, vieux papiers* ; cf. l'expr. **Makulatur reden :** fam. *dire des âneries, raconter n'importe quoi.*
7. **Durch Nacht und Eis :** titre d'un ouvrage cité de travers par Gustel : il s'agit en réalité de ***In Nacht und Eis***, c.-à-d. *dans* et non *à travers* ; devons-nous voir là un clin d'œil iron. à la poésie de Gœthe « Le Roi des Aulnes », dont le premier vers est : **Wer reitet so spät *durch Nacht und Wind...***, poésie que les enfants apprenaient à l'école ? Auquel cas Gustel aurait fait l'amalgame ? C'est une hypothèse recevable. Les références exactes de l'ouvrage sont **In Nacht und Eis. Die norwegische Polarexpedition 1893-1896**, 2 tomes, Leipzig 1897.

Orgel — ah, aus der Kirche[1]... Frühmesse — bin schon lang bei keiner gewesen... das letztemal im Feber[2], wie mein Zug dazu kommandiert[3] war... Aber das galt[4] nichts — ich hab' auf meine Leut' aufgepaßt, ob sie andächtig[5] sind und sich ordentlich benehmen... — Möcht' in die Kirche hineingeh'n... am End' ist doch was dran... — Na, heut nach Tisch werd' ich's schon genau wissen... Ah, »nach Tisch« ist sehr gut !... Also, was ist, soll ich hineingeh'n ? — Ich glaub', der Mama wär's ein Trost, wenn sie das wüßt' !... Die Klara gibt weniger drauf[6]... Na, geh'n wir hinein — schaden kann's ja nicht !

Orgel — Gesang — hm ! — was ist denn das ? — Mir ist ganz schwindlig[7]... O Gott, o Gott, o Gott ! ich möcht' einen Menschen haben, mit dem ich ein Wort reden könnt' vorher ! — Das wär' so was — zur Beicht' geh'n ! Der möcht' Augen machen, der Pfaff'[8], wenn ich zum Schluß sagen möcht' : Habe die Ehre, Hochwürden ; jetzt geh' ich mich umbringen !... — Am liebsten läg' ich da auf dem Steinboden und tät' heulen[9]... Ah nein, das darf man nicht tun ! Aber weinen tut manchmal so gut... Setzen wir uns einen Moment — aber nicht wieder einschlafen wie im Prater !... — Die Leut', die eine Religion haben, sind doch besser dran... Na, jetzt fangen mir gar die Händ' zu zittern an !... Wenn's so weitergeht, werd' ich mir selber auf die Letzt' so ekelhaft, daß ich mich vor lauter Schand' umbring' ! — Das alte Weib da — um was betet denn die noch ?...

---

1. **Aus der Kirche :** *de l'église* ; le parcours de Gustel est le suivant : il vient de la **Praterstraße**, traverse le centre de la ville et se dirige vers le VIIIe arrondissement. L'église, dont il est question ici, est vraisemblablement la **Stephanskirche**, la *cathédrale Saint-Etienne.*
2. **Im Feber :** autr., ≈ alld **Februar**.
3. **Kommandieren :** du fr. *commander*, cf. **eine Kompagnie, eine Flotte kommandieren :** *commander une compagnie, une flotte* ; cf. également **an die Front kommandieren :** *expédier au front.*
4. **Gelten (a, o, i) :** *valoir* ; **diese Fahrkarte gilt zwei Monate :** *ce billet est valable deux mois* ; **solche Einwände lasse ich nicht gelten :** *je n'admets pas de telles objections* ; **er gilt als klug :** *il passe pour un homme intelligent* ; **jetzt gilt es, sich zu entscheiden :** *il s'agit maintenant de se décider.*

De l'orgue ! Ah, ça vient de l'église... la première messe. Cela fait bien longtemps que je n'ai pas assisté à une messe... La dernière fois, c'était en février, quand j'y ai conduit ma section. Mais ça ne comptait pas. J'ai surveillé mes hommes pour voir s'ils étaient recueillis et se tenaient correctement... J'aimerais entrer dans l'église... Peut-être que finalement il y a du vrai dans tout ça... Bon, après le déjeuner, je saurai déjà à quoi m'en tenir... Ah, « après le déjeuner », pas mal non plus, ça ! Alors, je fais quoi, j'entre ? Je crois que ce serait une consolation pour maman que de savoir cela ! Clara y attache moins d'importance. Bon, entrons ! Ça ne peut pas faire de mal !

L'orgue, le chant, ah ! Qu'est-ce que c'est ? Voilà que j'ai le vertige... Mon Dieu, mon Dieu ! Je voudrais avoir quelqu'un avec qui je pourrais, avant, échanger un mot. Et si j'allais me confesser ! Il en ferait des yeux, le curé, si je disais, pour finir : « J'ai bien l'honneur, mon Père, je vais de ce pas me suicider !... » Ce que je préférerais, ce serait rester allongé là, par terre, et pleurnicher. Ah non, ça n'est pas permis, ça ! Pourtant pleurer fait tellement de bien. Asseyons-nous un instant. Mais ne nous endormons pas encore comme au *Prater* !... Les gens qui ont une religion sont avantagés par rapport aux autres... Allons bon, voilà que mes mains se mettent à trembler !... Si ça continue comme ça, je vais finir par me dégoûter de moi-même... et c'est de honte que je me suiciderai ! Cette vieille femme, là, qu'est-ce qu'elle peut bien demander encore dans ses prières ?

---

5. **Andächtig :** *recueilli, attentif* ; **ein andächtiges Schweigen :** *un silence religieux* ; cf. **die Andacht :** *le recueillement, les prières, l'office* ; **eine Andacht halten :** *célébrer un office* et, iron., **etw. mit Andacht ver'speisen :** *se régaler, se délecter* (en mangeant).
6. **Die Klara gibt weniger drauf... :** cf. l'expr. **viel auf etw.** (A.) **geben :** *faire grand cas de, attacher, accorder beaucoup d'importance à.*
7. **Mir ist schwindlig :** *j'ai un étourdissement, le vertige, la tête me tourne* ; sinon **schwindlig :** *vertigineux, étourdissant.*
8. **Der Pfaff' :** pour **der Pfaffe (-n) :** *le curé*, ou, péj., *le cureton* ; **die Pfaffen :** *les clercs/cléricaux* (par opposition aux *laïques* : **die Laien**), *les curés*, ou, péj., *la calotte.*
9. **Tät' heulen :** pour **täte heulen**, autr., ≈ alld **würde heulen**.

Wär' eine Idee, wenn ich ihr sagen möcht' : Sie, schließen Sie mich auch ein... ich hab' das nicht ordentlich gelernt, wie man das macht... Ha ! mir scheint, das Sterben macht blöd' ! — Aufsteh'n ! — Woran erinnert mich denn nur die Melodie ? — Heiliger Himmel ! gestern abend ! — Fort, fort ! das halt' ich gar nicht aus !... Pst ! keinen solchen Lärm, nicht mit dem Säbel schleppern[1] — die Leut' nicht in der Andacht stören — so ! — doch besser im Freien... Licht... Ah, es kommt immer näher — wenn es lieber schon vorbei wär' ! — Ich hätt's gleich tun sollen — im Prater... man sollt' nie ohne Revolver ausgehn... Hätt' ich gestern abend einen gehabt... Herrgott noch einmal ! — In das Kaffeehaus könnt' ich geh'n frühstücken... Hunger hab' ich... Früher ist's mir immer sonderbar vorgekommen[2], daß die Leut', die verurteilt sind, in der Früh noch ihren Kaffee trinken und ihr Zigarrl[3] rauchen... Donnerwetter, geraucht hab' ich gar nicht ! gar keine Lust zum Rauchen ! — Es ist komisch : ich hätt' Lust, in mein Kaffeehaus zu geh'n... Ja, aufgesperrt[4] ist schon, und von uns ist jetzt doch keiner dort — und wenn schon... ist höchstens ein Zeichen von Kaltblütigkeit. »Um sechs hat er noch im Kaffeehaus gefrühstückt, und um sieben hat er sich erschossen«... — Ganz ruhig bin ich wieder... das Gehen ist so angenehm — und das Schönste ist, daß mich keiner zwingt. — Wenn ich wollt', könnt' ich noch immer den ganzen Krempel[5] hinschmeißen... Amerika... Was ist das : »Krempel« ? *Was* ist ein »Krempel« ?

---

1. **Schleppern :** ce vb. n'est pas attesté sous cette forme, mais sous celle de **scheppern :** *faire du bruit (avec), cliqueter (métal), claquer, s'entrechoquer*. Attention, ne pas confondre avec l'alld **schleppen :** *traîner*, et **die Schlepperei** : péj. Cf. **es war eine furchtbare Schlepperei** (**dauerndes Schleppen**) **:** *c'était épouvantable à traîner !* L'auteur, en utilisant un vb. qui n'existe pas, mais est « à cheval » sur deux autres (donc **scheppern** et **schleppen**), a-t-il voulu mêler les deux sens ? La question reste en suspens.
2. **'Vorkommen (a, o) :** *se passer, se produire* ; cf. **so ein Fall darf nicht wieder vorkommen ! :** *un tel cas ne doit pas se reproduire !* Egalement, comme ici : *paraître, sembler*, cf. **die Sache kommt mir merkwürdig, seltsam, verdächtig vor :** *l'affaire me paraît curieuse, étrange, suspecte.*

Ce serait une idée que de lui dire : vous là-bas, incluez-moi dans vos prières, je n'ai pas appris comment on fait, pour prier convenablement... Ah ! J'ai l'impression que mourir rend idiot ! Debout ! Cette mélodie me rappelle quelque chose, mais quoi ? Juste ciel ! Hier soir ! Fuyons, fuyons ! Je ne peux pas supporter ça ! Chut ! Doucement ! Pas de bruit avec son sabre ! Ne pas troubler les gens dans leur recueillement ! Voilà, comme ça ! On est mieux dehors... De la lumière... L'instant approche de plus en plus. Ah, si tout pouvait être déjà terminé ! J'aurais dû le faire tout de suite, au *Prater*... On ne devrait jamais sortir sans revolver... Si hier soir j'en avais eu un sur moi... Nom de Dieu de nom de Dieu ! Au café..., je pourrais y entrer et y déjeuner. J'ai faim... Avant, je trouvais toujours bizarre que les condamnés à mort, à l'aube, boivent un café et fument un p'tit cigare... Fichtre ! Je n'ai pas fumé du tout ! Aucune envie de fumer ! C'est drôle : si j'avais une envie, ce serait d'aller dans mon café... Oui, il est déjà ouvert, et aucun d'entre nous ne s'y trouve à cette heure, et quand bien même... Ce n'est rien moins qu'une question de sang-froid. « À six heures il déjeunait au café et à sept il s'est tiré une balle dans la tête »... J'ai retrouvé mon calme de nouveau... Il est si agréable de marcher. Et puis, le plus extraordinaire, c'est que personne ne m'y force. Si je voulais, je pourrais encore tout planter là... L'Amérique... Ça veut dire quoi « tout planter là » ? C'est quoi, « tout » ?

---

3. **Zigarrl :** dim. autr., ≈ alld **Zigarrlein**, de **die Zigarre :** *le cigare ; un p'tit cigare* comme on dit : *boire un p'tit coup.*
4. **Aufgesperrt :** de **'aufsperren**, fam., surtout alld du Sud, autr. : *ouvrir* (par ex. *la porte :* **die Tür** ; ici syn. de alld : **'aufschließen**) : *ouvrir tout grand* (par ex., *le bec :* **den Schnabel**) : cf. **Augen aufsperren :** *écarquiller les yeux* ; **Mund und Augen/das Maul (groß) 'aufsperren** (c.-à-d. *d'étonnement :* **vor Staunen**) ; fam. : *rester bouche bée, en être, rester, comme deux ronds de flan.*
5. **Der ganze Krempel :** autr., ≈ alld **der Kram :** *le bataclan, le fourbi, le bric-à-brac* ; cf. **den ganzen Kram, all den Kram 'hinschmeißen :** *laisser (tout) tomber, tout envoyer sur les roses* (pour ne pas l'achever) ; **das paßt nicht in meinen Kram :** *cela ne fait pas mon affaire* ; **mach doch deinen Kram alleine ! :** *fais ton boulot* (péj., *tes petites affaires*) *tout seul !*

Mir scheint, ich hab' den Sonnenstich[1] !... Oho, bin ich vielleicht deshalb so ruhig, weil ich mir immer noch einbild', ich muß nicht ?... Ich muß ! Ich muß ! Nein, ich will ! — Kannst du dir denn überhaupt vorstellen, Gustl, daß du dir die Uniform ausziehst und durchgehst[2] ? Und der verfluchte Hund lacht sich den Buckel voll[3] — und der Kopetzky selbst möcht' dir nicht mehr die Hand geben... Mir kommt vor, ich bin ganz rot geworden. — Der Wachmann salutiert mir... ich muß danken... »Servus !« — Jetzt hab' ich gar »Servus« gesagt !... Das freut so einen armen Teufel immer... Na, über mich hat sich keiner zu beklagen gehabt — außer Dienst war ich immer gemütlich. — Wie wir auf Manöver waren, hab' ich den Chargen[4] von der Kompagnie Britannikas[5] geschenkt ; — einmal hab' ich gehört, wie ein Mann hinter mir bei den Gewehrgriffen was von »verfluchter Rackerei« g'sagt hat, und ich hab' ihn nicht zum Rapport[6] geschickt — ich hab' ihm nur gesagt : »Sie, passen S' auf[7], das könnt' einmal wer anderer hören — da ging's Ihnen schlecht !«... Der Burghof[8]... Wer ist denn heut auf der Wach' ? — Die Bosniaken[9] — schau'n gut aus — der Oberstleutnant hat neulich g'sagt : Wie wir im 78er Jahr[10] unten waren, hätt' keiner geglaubt, daß uns die einmal so parieren[11] werden !... Herrgott, bei so was hätt' ich dabei sein mögen — Da steh'n sie alle auf von der Bank. — Servus, servus ! — Das ist halt zuwider, daß unsereiner nicht dazu kommt. — Wär' doch schöner gewesen, auf dem Felde der Ehre, fürs Vaterland, als so...

---

1. **Ich hab' den Sonnenstich :** de **einen Sonnenstich haben, be'kommen :** *avoir, attraper une insolation* ; fam. *être cinglé, fêlé.*
2. **'Durchgehen :** *s'emballer* (cheval, imagination), *prendre le mors aux dents* ; fam., *filer* (sans y être autorisé). **Er ist mit der Kasse durchgegangen :** *il a filé avec la caisse.* **Durchgehend :** *sans interruption, en permanence.* Cf. **das Geschäft hat durchgehend geöffnet :** *le magasin est ouvert sans interruption.*
3. **Sich den Buckel 'vollachen, voll lachen :** *se bidonner, se marrer comme un bossu* ; **der Buckel (-) :** *la bosse* ; **einen Buckel haben :** *être bossu.* **Er kann, soll mir den Buckel runterrutschen/raufsteigen ! :** *il peut toujours courir ! qu'il aille se faire voir !*
4. **Chargen :** *personnes gradées*, donc ici, des sous-officiers, d'un rang inférieur à Gustel, qui est officier.
5. **Britannikas :** de **die Britannika (-s) :** nom d'un cigare qui ne coûtait que quatorze deniers.

Je crois que je déraille !... Oh ! Si je suis si calme, c'est peut-être parce que je m'imagine encore, à l'heure qu'il est, que je ne dois pas m'exécuter ? Il faut que je le fasse ! Il le faut ! Non, je le veux ! Toi ? Quitter l'uniforme et filer ? Tu peux imaginer une chose pareille ? Et ce maudit animal qui se tordrait de rire. Et Kopetzky lui-même qui refuserait de te serrer la main... J'ai impression de rougir, rien que d'y penser. Le sergent de ville me salue. Je dois répondre... « Salut ! » Voilà que je lui ai dit : « Salut ! ». Ça fait toujours plaisir à des pauvres diables comme lui... Personne n'a jamais eu à se plaindre de moi, et, en dehors du service, j'ai toujours été très accommodant. Lorsque nous étions en manœuvres, j'ai donné des cigares aux sous-officiers de la compagnie. Une fois, lors de l'exercice de maniement du fusil, j'ai entendu un soldat se plaindre de « maudites tracasseries », et je ne l'ai pas envoyé au rapport. Je me suis contenté de dire : « Vous, attention ! Si quelqu'un d'autre que moi vous entendait, vous auriez des ennuis ! » Voilà le *Burghof*... Qui est de faction aujourd'hui ? Les Bosniaques, ils ne manquent pas d'allure ! Le lieutenant-colonel a dit récemment : « Quand en 1878 nous étions là-bas, personne n'aurait cru qu'un jour ils seraient à notre botte ! »... Sacrebleu, j'aurais aimé participer à une campagne comme celle-là. Ils se lèvent tous de leur banc. Salut, salut ! C'est ma foi contrariant que nous n'ayons pas, nous, une telle chance. Ç'aurait été quand même plus glorieux de mourir au Champ d'honneur, pour la Patrie, que comme ça...

---

6. **Zum Rapport schicken :** *envoyer au rapport* ; **der Rapport (-e) :** milit., du fr. *rapport*, employé dans le même sens. **Sich zum Rapport melden :** *se présenter au rapport* ; **jdm Rapport er'statten :** *faire un rapport à qqn.*
7. **Passen S' auf ! :** pour **passen Sie auf**.
8. **Der Burghof :** cour intérieure de la **Hofburg** impériale.
9. **Die Bosniaken :** *les Bosniaques*, régiment de Bosnie-Herzégovine.
10. **Im 78er Jahr :** à la suite des décisions intervenues lors du Congrès de Berlin, les troupes austro-hongroises occupèrent la Bosnie et l'Herzégovine, qui passèrent sous administration impériale. L'annexion en elle-même eut lieu en 1908.
11. **Parieren :** 1) du lat. ***parare :*** *arrêter court* (un cheval), *parer* (un coup) ; 2) du lat. ***parere :*** *obtempérer.* **Er parierte ihr aufs Wort :** *il lui obéissait au doigt et à l'œil.*

Ja, Herr Doktor, Sie kommen eigentlich gut weg !... Ob das nicht einer für mich übernehmen könnt' ? — Meiner Seel', das sollt' ich hinterlassen[1], daß sich der Kopetzky oder der Wymetal an meiner Statt mit dem Kerl schlagen... Ah, so leicht sollt' der doch nicht davonkommen[2] ! — Ah, was ! Ist das nicht egal, was nachher geschieht ? Ich erfahr's ja doch nimmer ! — Da schlagen[3] die Bäume aus... Im Volksgarten[4] hab' ich einmal eine angesprochen — ein rotes Kleid hat sie angehabt — in der Strozzigasse[5] hat sie gewohnt — nachher hat sie der Rochlitz übernommen... Mir scheint, er hat sie noch immer, aber er red't nichts mehr davon — er schämt sich vielleicht... Jetzt schlaft[6] die Steffi noch... so lieb sieht sie aus, wenn sie schläft[7]... als wenn sie nicht bis fünf zählen könnt'[8] ! — Na, wenn sie schlafen, schau'n sie alle so aus ! — Ich sollt' ihr doch noch ein Wort schreiben... warum denn nicht ? Es tut's ja doch ein jeder, daß er vorher noch Briefe schreibt. — Auch der Klara sollt' ich schreiben, daß sie den Papa und die Mama tröstet — und was man halt so schreibt ! — und dem Kopetzky doch auch... Meiner Seel', mir kommt vor, es wär' viel leichter, wenn man ein paar Leuten Adieu gesagt hätt'... Und die Anzeige an das Regimentskommando — und die hundertsechzig Gulden für den Ballert... eigentlich noch viel zu tun... Na, es hat's mir ja keiner g'schafft, daß ich's um sieben tu'... von acht an ist noch immer Zeit genug zum Totsein !... Totsein, ja — so heißt's — Ja kann man nichts machen...

---

1. **Hinter'lassen :** *laisser* (après son passage, après sa mort) ; **einen Zettel :** *un mot* ; **Spuren im Sand :** *des traces dans le sable* ; **einen guten Eindruck :** *une bonne impression* : **Schulden :** *des dettes* ; **ein Grundstück :** *un terrain.*
2. **Da'vonkommen :** *en réchapper, s'en tirer, en sortir* ; **mit dem Leben davonkommen :** *avoir la vie sauve* ; **mit dem Schrecken davonkommen :** *en être quitte pour la peur.*
3. **'Ausschlagen (u, a, ä) :** vb. intr., *bourgeonner, ruer* (cheval) ; *évoluer.* **Die Sache wird zum Guten ausschlagen :** *l'affaire tournera bien.* Vb. tr., *refuser.* **Er hat das Geschenk, die Erbschaft ausgeschlagen :** *il a refusé le cadeau, l'héritage.* Cf. **ausschlaggebend :** *décisif, déterminant.*
4. **Im Volksgarten :** parc situé le long de la **Ringstraße**, entre la **Hofburg** et le **Burgtheater**.
5. **In der Strozzigasse :** dans la rue *Strozzi*, située dans le VIIIe

Ah, mon cher docteur, vous ne vous en tirez pas si mal !... Je me demande si quelqu'un ne pourrait pas me remplacer ? Bonté divine ! Je devrais laisser un mot pour préciser que je souhaite que Kopetzky ou Wymetal se batte à ma place contre ce type. Ah, non ! Il ne va pas s'en tirer comme ça ! Et puis, après tout, qu'est-ce que ça peut faire, ce qui va arriver après ? Je n'en saurai jamais rien ! Voilà que les arbres bourgeonnent... Au *Volksgarten* j'ai abordé une femme une fois (elle portait une robe rouge). Elle habitait dans la rue *Strozzi*. Plus tard c'est Rochlitz qui l'a récupérée... Je crois qu'ils sont toujours ensemble, mais il n'en parle plus. Peut-être a-t-il honte... Steffi dort encore, à l'heure qu'il est... Elle est si adorable quand elle dort... On lui donnerait le Bon Dieu sans confession. Ah, quand elles dorment, elles ont toutes cet air-là ! Il faudrait tout de même que je lui écrive un mot... Pourquoi pas ? Ça se fait habituellement, d'écrire des lettres avant de mourir. Clara aussi, je devrais lui écrire, lui dire qu'elle console papa et maman... Et tout ce qu'on écrit dans ces cas-là. Et à Kopetzy aussi, quand même... Mon Dieu ! Il me semble que ce serait bien moins difficile si j'avais fait mes adieux à un certain nombre de gens... Et le rapport que je dois envoyer au commandement de la place ? Et les cent soixante florins de Ballert ? Il reste encore beaucoup de choses à régler, en fait... Somme toute, personne ne m'a mis en demeure de me tuer à sept heures... À huit heures il sera bien assez tôt pour être mort ! Être mort, oui, « mort », c'est le mot, on ne peut rien y faire...

---

arrondissement. Le terme **die Gasse (-n)** : signifie *la ruelle*, mais, en fait, on désigne souvent, dans les villes, les rues ou les petites rues par le nom de **Gasse** au lieu de **Straße**. Cf. également **die Sackgasse (-n) :** l'impasse.

6. **Schlaft :** pour **schläft**.
7. **Schläft :** nous constatons que dans ce passage, à deux lignes d'intervalle, l'auteur emploie une fois la forme familière **schlaft** et une fois la forme correcte **schläft** ; cette alternance morphologique témoigne vraisemblablement de l'agitation psychologique intense dont Gustel est le théâtre.
8. **Nicht bis fünf zählen können :** cette expr., qui ici en réfère à l'apparence angélique et innocente que peut offrir aux regards une jeune femme endormie, renvoie à une autre, courante, **nicht bis drei zählen können**, dont le sens est tout différent : *ne pas être malin, ne pas avoir inventé la poudre, le fil à couper le beurre.*

Ringstraße — jetzt bin ich ja bald in meinem Kaffeehaus... Mir scheint gar, ich freu' mich aufs Frühstück [1]... es ist nicht zum glauben [2]. — Ja, nach dem Frühstück zünd' ich mir eine Zigarre an [3], und dann geh' ich nach Haus und schreib'... Ja, vor allem mach' ich die Anzeige [4] ans Kommando ; dann kommt der Brief an die Klara — dann an den Kopetzky — dann an die Steffi... Was soll ich denn dem Luder [5] schreiben... »Mein liebes Kind, du hast wohl nicht gedacht«... Ah, was, Unsinn ! — »Mein liebes Kind, ich danke dir sehr«... — »Mein liebes Kind, bevor ich von hinnen gehe, will ich es nicht verabsäumen [6]«... — Na, Briefschreiben war auch nie meine starke Seite... »Mein liebes Kind, ein letztes Lebewohl von deinem Gustl«... — Die Augen, die sie machen wird ! Ist doch ein Glück, daß ich nicht in sie verliebt war... das muß traurig sein, wenn man eine gern hat und so... Na, Gustl, sei gut : so ist es auch traurig genug... Nach der Steffi wär' ja noch manche andere gekommen, und am End' auch eine, die was wert ist — junges Mädel aus guter Familie mit Kaution [7] — es wär' ganz schön gewesen... — Der Klara muß ich ausführlich schreiben, daß ich nicht hab' anders können [8]... »Du mußt mir verzeihen, liebe Schwester, und bitte, tröste auch die lieben Eltern. Ich weiß, daß ich euch allen manche Sorge gemacht habe und manchen Schmerz bereitet [9] ; aber glaube mir, ich habe euch alle immer sehr lieb gehabt, und ich hoffe, du wirst noch einmal glücklich werden, meine liebe Klara, und deinen unglücklichen Bruder nicht ganz vergessen«...

---

1. **Ich freu' mich aufs Frühstück :** pour **ich freue...** ; il convient de distinguer **sich über** + A. **etw. freuen :** *se réjouir de qqch.* (dans le présent) et **sich auf** + A. **etw. freuen :** *se réjouir de qqch.* (dans le futur), *à l'idée de...*
2. **Es ist nicht zum glauben :** tournure où **glauben**, infinitif substantivé, devrait, dans l'emploi correct, prendre une majuscule ; expr. généralement attestée sous la forme : **das ist doch (kaum) nicht zu glauben ! :** *ce n'est pas (c'est à peine) croyable !*
3. **Sich etw. (eine Zigarre/eine Zigarette) 'anzünden :** *s'allumer (un cigare, une cigarette)* ; sinon, **anzünden** à la forme non pronominale signifie *allumer* (*une allumette* : **ein Streichholz** ; *le gaz* : **das Gaz**) et *mettre le feu à* (*incendier une maison* : **ein Haus anzünden**).
4. **Die Anzeige (-n) :** ici, il s'agit d'un *rapport*, puisqu'il est dit que

Le *Ring*. Je ne suis plus loin de mon café... Il me semble que je suis heureux à l'idée de prendre le petit déjeuner..., c'est incroyable ! Oui, après le petit déjeuner, j'allumerai un cigare, je rentrerai chez moi et j'écrirai... Bon, avant tout je rédigerai le rapport à l'état-major. Ensuite ce sera la lettre à Clara. Puis celle à Kopetzky. Puis à Steffi... Qu'est-ce que je vais lui écrire à cette garce ?... « Ma chère petite, tu n'as sans doute pas pensé... » Allons, quelle absurdité ! « Ma chère petite, je te remercie beaucoup... » « Ma chère petite, avant de quitter ce monde, je me fais un devoir de... » Je dois dire qu'écrire des lettres, cela n'a jamais été mon point fort... « Ma chère petite, un dernier adieu de ton Gustel... » Elle va en faire, des yeux ! C'est une chance que je ne sois pas amoureux d'elle... Cela doit être triste, lorsque l'on aime bien quelqu'un et que... Allons, Gustel, pas d'attendrissement : c'est déjà assez triste comme ça... Après Steffi il y en aurait eu bien d'autres et tu en aurais peut-être trouvé une, une jeune fille de bonne famille, bien dotée, et ç'aurait été très bien... Il faut que j'écrive longuement à Clara pour lui expliquer que je n'ai pas pu agir autrement... « Il faut que tu me pardonnes, ma chère sœur. Je t'en prie : console mes parents que j'aime. Je sais que je vous ai donné, à vous tous, bien des soucis, et que je vous cause du chagrin ; mais crois-moi, je vous ai tous toujours tendrement aimés et j'espère qu'un jour, ma chère Clara, tu seras heureuse et que tu penseras de temps en temps à ton pauvre frère... »

---

ce rapport devait être envoyé à l'état-major ; sinon **die Anzeige** signifie *l'annonce*, cf. **eine Anzeige in die Zeitung setzen lassen :** *faire passer une annonce dans le journal, le faire-part* et aussi *la plainte* (auprès d'une administration ou de la justice). Cf. **Anzeige gegen Unbekannt :** *plainte contre X.*

5. **Das Luder (-) :** *l'appât* ; aussi *le saligaud, la crapule* ; pour une femme, *la salope, la garce.*
6. **Ver'absäumen :** style administratif pour **ver'säumen**, syn. de **etw. unter'lassen :** *oublier, omettre de faire qqch.*
7. **Aus guter Familie mit Kaution :** *(elle vient) d'une bonne famille*, bonne, mais aussi argentée, dans le sens où l'on dit d'un jeune homme ou d'une jeune fille à marier qu'il ou qu'elle est *un bon parti !* Ici, l'expr. est, bien évidemment, iron.
8. **Hab' anders können :** pour **habe es anders tun können, gekonnt**.
9. **Jdm etw. be'reiten :** *causer qqch. à qqn* (*de la douleur* : **Schmerz** ; *de la joie* : **Freude**) ; *réserver qqch. à qqn* (*un accueil* : **einen Empfang**) ; le premier sens de ce vb. est concret : *préparer* (*le repas* : **das Essen**).

— Ah, ich schreib' ihr lieber gar nicht !... Nein, da wird mir zum Weinen... es beißt mich ja schon in den Augen[1], wenn ich dran denk'... Höchstens dem Kopetzky schreib' ich — ein kameradschaftliches Lebewohl, und er soll's den andern ausrichten[2]... — Ist's schon sechs ? — Ah, nein : halb — dreiviertel. — Ist das ein liebes G'sichtel[3] !... der kleine Fratz mit den schwarzen Augen, den ich so oft in der Florianigasse[4] treff' — was die sagen wird ? — Aber die weiß ja gar nicht, wer ich bin — die wird sich nur wundern, daß sie mich nimmer sieht... Vorgestern hab' ich mir vorgenommen[5], das nächstemal sprech' ich sie an. — Kokettiert hat sie genug... so jung war die — am End' war die gar noch eine Unschuld[6] !... Ja, Gustl ! Was du heute kannst besorgen[7], das verschiebe[8] nicht auf morgen !... Der da hat sicher auch die ganze Nacht nicht geschlafen. — Na, jetzt wird er schön[9] nach Haus geh'n und sich niederlegen — ich auch ! — Haha ! jetzt wird's ernst, Gustl, ja !... Na, wenn nicht einmal das biss'l[10] Grausen wär', so wär' ja schon gar nichts dran — und im ganzen, ich muß's schon selber sagen, halt' ich mich brav... Ah, wohin denn noch ? Da ist ja schon mein Kaffeehaus... auskehren tun sie noch... Na, geh'n wir hinein...

Da hinten ist der Tisch, wo die immer Tarok spielen[11]... Merkwürdig, ich kann mir's gar nicht vorstellen, daß der Kerl, der immer da hinten sitzt an der Wand, derselbe sein soll, der mich... — Kein Mensch ist noch da...

---

1. **Es beißt mich ja schon in den Augen** : *j'en ai déjà les larmes aux yeux.*
2. **'Ausrichten** : *transmettre* ; cf. **jdm einen (schönen) Gruß (Grüße) von jdm ausrichten** : *transmettre à qqn les amitiés de la part de qqn* ; **das werde ich ausrichten, ich werde es (ihm, ihr**, etc.) **ausrichten** : *je n'y manquerai pas !*
3. **G'sichtel** : dim. autr. pour **Gesichtelein**, de **das Gesicht (-er)** : *le visage*, ici ; à ne pas confondre avec **das Gesicht (-e)** : *la vision.*
4. **In der Florianigasse** : dans la rue *Floriani*, située également dans le VIIIe arrondissement.
5. **Sich etw. 'vornehmen (a, o, i)** : *entreprendre qqch.* ; également *décider* ; cf. **er hat sich vorgenommen, in der Zukunft darauf zu verzichten** : *il a pris la décision d'y renoncer à l'avenir.*
6. **Am Ende war die gar noch eine Unschuld !** : expr. où **eine Unschuld** est syn. de **unschuldig** : *innocent(e), vierge* ; **die Unschuld** : signifie *l'innocence, la candeur, la virginité* ; cf. **seine**

Ah, il vaut mieux que je ne lui écrive pas du tout !... Non, ça me donne envie de pleurer. Les larmes me viennent aux yeux, quand j'y pense... J'écrirai à Kopetzky, c'est tout, ce sera un adieu cordial, qu'il transmettra aux autres... Il est déjà six heures ? Ah, non ! La demie. Six heures moins le quart. C'est pas une jolie petite frimousse, ça ? La petite mignonne aux yeux noirs, que je rencontre si souvent rue *Floriani* ? Que va-t-elle dire ? Mais elle ne sait même pas qui je suis. Elle s'étonnera seulement de ne plus me voir... Avant-hier j'étais bien décidé à l'aborder à la prochaine occasion. Pour faire du charme, ça, elle m'en a fait ! Elle était si jeune..., peut-être qu'elle était encore pucelle !... Eh oui, Gustel ! Il ne faut jamais reporter au lendemain ce que tu peux faire le jour même !... Ce type-là n'a sûrement pas non plus dormi de la nuit. Il va rentrer gentiment chez lui et se coucher. Comme moi ! Ah ah, Gustel, ça devient sérieux maintenant, ça oui ! Eh bien, si l'on n'avait même pas un petit frisson dans le dos, c'est que ce serait un jeu d'enfant, et, tout bien considéré, je dois l'avouer, je me comporte bien... Ah, où aller désormais ? Voici déjà mon café... Ils n'ont pas encore fini de balayer... Allons, entrons...

Là-bas, au fond, se trouve la table où ils jouent toujours au tarot. C'est étrange ! J'ai toujours du mal à m'imaginer que le type, qui est toujours assis contre le mur au fond, est le même qui m'a... Il n'y a personne encore...

Unschuld be'weisen : *prouver son innocence* ; **einem Mädchen die Unschuld nehmen, rauben :** *déflorer une jeune fille*. Cf. l'expr. **eine Unschuld vom Lande :** iron., *une cruche*.

7. **Etw. be'sorgen :** *s'occuper de qqch., se procurer qqch.*
8. **Auf** + A. **ver'schieben (o, o) :** *remettre à* ; cf. **verschiebe nicht auf morgen, was du heute kannst besorgen :** *il ne faut pas remettre au lendemain ce qu'on peut faire le jour même !* et **die Sache läßt sich nicht länger verschieben :** *l'affaire ne souffre pas d'autre délai.*
9. **Schön :** adv., ne signifie pas, ici, *bellement*, mais, iron. ou avec une nuance de menace : *bien gentiment, sans faire d'histoires*, emploi fam. ; cf. **schön der Reihe nach ! :** *pas de panique, un par un !* ; **schön ruhig bleiben ! :** *pas d'excitation, ne vous emballez pas, on se calme !*
10. **Biss'l :** pour **bissel**, dim. autr., ≈ alld **bißchen**.
11. **Tarok spielen :** cf. supra, n. 2, p. 44.

Wo ist denn der Kellner[1] ?... He ! Da kommt er aus der Küche... er schlieft schnell in den Frack hinein[2]... Ist wirklich nimmer notwendig !... ah, für ihn schon... er muß heut' noch andere Leut' bedienen[3] !

»Habe die Ehre, Herr Leutnant !«

»Guten Morgen.«

»So früh heute, Herr Leutnant ?«

»Ah, lassen S' nur[4] — ich hab' nicht viel Zeit, ich kann mit'm[5] Mantel dasitzen.«

»Was befehlen Herr Leutnant ?«

»Eine Melange mit Haut[6].«

»Bitte gleich, Herr Leutnant !«

Ah, da liegen ja Zeitungen... schon heutige Zeitungen[7] ?... Ob schon was drinsteht ?... Was denn ? — Mir scheint, ich will nachseh'n[8], ob drinsteht, daß ich mich umgebracht hab' ! Haha ! — Warum steh' ich denn noch immer ?... Setzen wir uns da zum Fenster... Er hat mir ja schon die Melange hingestellt... So, den Vorhang zieh'[9] ich zu ; es ist mir zuwider, wenn die Leut' hereingucken... Es geht zwar noch keiner vorüber... Ah, gut schmeckt der Kaffee — doch kein leerer Wahn[10], das Frühstücken !... Ah, ein ganz anderer Mensch wird man — der ganze Blödsinn[11] ist, daß ich nicht genachtmahlt hab'... Was steht denn der Kerl schon wieder da ? — Ah, die Semmeln[12] hat er mir gebracht...

»Haben Herr Leutnant schon gehört ?«

»Was denn ?« Ja, um Gotteswillen, weiß der schon was ?... Aber, Unsinn, es ist ja nicht möglich !

---

1. **Der Kellner (-) :** *le garçon de café, le serveur* ; **den Kellner, nach dem Kellner rufen :** *appeler le garçon* ; **den Kellner um die Rechnung bitten :** *demander l'addition au garçon.*
2. **Er schlieft schnell in den Frack hinein :** de **schliefen** (du moyen-haut-allemand ***slîfen*** : **schlüpfen**), autr., syn. de **schlüpfen** : **in die Hose schliefen, aus dem Zimmer schliefen** ; à ne pas confondre, bien évidemment, avec le prétérit de **schlafen** : **schliefen**, à la 1re ou 3e pers. du pl.
3. **Bedienen :** *servir* ; (**in einem Geschäft**) **bedient hier denn niemand ? :** (*dans un magasin*) *est-ce qu'il n'y a personne pour s'occuper de moi ?*
4. **Lassen S' nur :** pour **lassen Sie nur**.
5. **Mit'm :** pour **mit dem**.
6. **Eine Melange mit Haut :** *un café au lait, moitié café, moitié lait, avec la peau.*

Où est donc le garçon ? Le voici qui vient de la cuisine... Il saute prestement dans son habit... Ce n'est vraiment plus nécessaire pour moi ! Ah, mais pour lui, oui ! Il lui faut aujourd'hui servir d'autres gens après moi.

— J'ai bien l'honneur, monsieur le lieutenant !

— Bonjour.

— Vous êtes bien matinal, aujourd'hui, monsieur le lieutenant ?

— Ah, laissez donc. J'ai peu de temps, je vais garder mon manteau.

— Monsieur le lieutenant désire ?

— Un café au lait avec la peau.

— Tout de suite, monsieur le lieutenant !

Ah ! Voilà des journaux... Déjà les journaux d'aujourd'hui ? Est-ce qu'on en parle déjà ? De quoi ? On dirait que je veux vérifier s'il y est question de mon suicide ! Ha ! Ha ! Mais je suis encore planté là ! Pourquoi ? Allons nous asseoir près de la fenêtre. Il m'a déjà posé là le café au lait... Bon, je tire le rideau : ça me contrarie que les gens regardent à l'intérieur... Il est vrai que personne ne passe dans la rue à l'heure qu'il est. Ah, qu'il est bon, ce café ! Ça, c'est du solide, que de prendre le petit déjeuner ! Ça fait de vous un autre homme. Ce qui est idiot, c'est que je n'ai pas dîné hier soir... Qu'est-ce qu'il fait là encore, le garçon ? Ah oui ! Il m'a apporté les petits pains...

— Monsieur le lieutenant est-il au courant ?

— Au courant de quoi ?

Mon Dieu, sait-il déjà quelque chose ? Mais non, suis-je bête, ce n'est pas possible !

---

7. **Heutige Zeitungen :** *les journaux du jour* ; de **heutig :** *d'aujourd'hui* ; cf. **die Tageszeitung (-en) :** *le quotidien* ; cf. **die heutige Jugend :** *la jeunesse actuelle* ; **der heutige Stand der Technik, der Forschung :** *l'état actuel de la technique, de la recherche, des recherches.*
8. **Nachseh'n :** pour **'nachsehen :** *examiner, contrôler, vérifier.*
9. **'Zuziehen (o, o) :** *fermer* (rideau), *consulter, faire appel à* (spécialiste, médecin) ; **sich etw. zuziehen :** *s'attirer qqch.* (haine, colère), *contracter* (maladie).
10. **Doch kein leerer Wahn :** ce membre de phrase est une citation, tirée d'une pièce de Schiller, *Die Bürgschaft* : **Und die Treue, sie ist doch kein leerer Wahn ? :** *Et la fidélité ? Ce n'est pourtant pas une vide illusion ?*
11. **Der ganze Blödsinn :** de **der Blödsinn :** *la sottise, la stupidité, l'imbécillité.*
12. **Die Semmel (-n) :** *le petit pain* ; **wie warme Semmeln weggehen :** *partir, se vendre comme des petits pains.*

»Den Herrn Habetswallner...«

Was ? So heißt ja der Bäckermeister... was wird der jetzt sagen ?... Ist der am End' schon dagewesen ? Ist er am End' gestern schon dagewesen und hat's erzählt ?... Warum red't er denn nicht weiter [1] ?... Aber er red't ja [2]...

»... hat heut' nacht um zwölf [3] der Schlag getroffen.«

»Was ?«... Ich darf nicht so schreien... nein, ich darf mir nichts anmerken lassen [4]... aber vielleicht träum' ich... ich muß ihn noch einmal fragen... »Wen hat der Schlag getroffen ?« — Famos, famos ! — ganz harmlos [5] hab' ich das gesagt ! —

»Den Bäckermeister, Herr Leutnant !... Herr Leutnant werd'n ihn ja kennen... na [6], den Dicken, der jeden Nachmittag neben die Herren Offiziere [7] seine Tarokpartie hat... mit'n [8] Herrn Schlesinger und'n [9] Herrn Wasner von der Kunstblumenhandlung [10] vis-a-vis !«

Ich bin ganz wach — stimmt alles — und doch kann ich's noch nicht recht glauben — ich muß ihn noch einmal fragen... aber ganz harmlos...

»Der Schlag hat ihn getroffen ?... Ja, wieso denn ? Woher wissen S' [11] denn das ?«

»Aber Herr Leutnant, wer soll's denn früher wissen, als unsereiner [12] — die Semmel, die der Herr Leutnant da essen, ist ja auch vom Herrn Habetswallner. Der Bub, der uns das Gebäck [13] um halber fünfe [14] in der Früh [15] bringt, hat's uns erzählt.«

---

1. **Red't er weiter :** pour **redet er weiter**, de **ˈweiterreden :** *poursuivre ce que l'on dit ou a dit* (après une interruption).
2. **Ja :** ici adv. qui sert à constater ou à confirmer une constatation.
3. **Um zwölf :** fam. pour **um Mitternacht**.
4. **Ich darf mir nichts ˈanmerken lassen (ie, a, ä) :** de **sich nichts anmerken lassen :** *ne rien laisser voir* ; cf. également supra, n. 6, p. 40.
5. **Harmlos :** *sans gravité, innocent, anodin.*
6. **Na :** fam. pour **nun :** interjection qui signifie *allons ! eh bien !, là !*, suivant le contexte ; cf. **na, wie geht's ? :** *eh bien, comment ça va ?* ; ou **na so was ! :** *par exemple ! quelle idée !*
7. **Neben die Herren Offiziere :** où **die ... Offiziere**, A., autr., fam., correspond au D. **den ... Offizieren**, attendu en alld correct.
8. **Mit'n :** (et non **mit'm**, curieusement), pour **mit dem**.
9. **Und'n :** même chose que dans la n. précédente, pour **und dem**.

— Vous savez, Monsieur Habetswallner...

Quoi ? Mais c'est le nom du boulanger... Que va-t-il dire maintenant ?... Peut-être qu'il est déjà passé ici ? Peut-être qu'hier il est venu ici et a tout raconté ?... Pourquoi ne dit-il plus rien ? Ah si, il dit quelque chose...

— ... a eu une crise d'apoplexie cette nuit à minuit.

— Comment ? (Il ne faut pas que je crie comme ça... Non ! Il ne faut pas que l'on remarque quoi que ce soit... Mais peut-être que je rêve... Il faut que je lui repose la question...) Qui a eu une attaque ? (Bien, très bien ! J'ai dit ça sur un ton très détaché !)

— Le boulanger, Monsieur le lieutenant ! Monsieur le lieutenant le connaît sûrement... Mais oui, le gros qui venait tous les après-midi faire sa partie de tarot, dont la table était à côté de celle de messieurs les officiers... Avec Monsieur Schlesinger et Monsieur Wasner qui a le magasin de fleurs artificielles en face !

Non, je ne rêve pas ! Tout cela est exact, et pourtant je ne parviens pas encore à y croire... Mais, n'ayons l'air de rien...

— Il a eu une attaque ?... Mais comment cela ? D'où tenez-vous cette nouvelle ?

— Mais, Monsieur le lieutenant, personne ne peut l'apprendre avant nous. En effet, qui est mieux placé que nous pour le savoir ? Le petit pain, que Monsieur le lieutenant mange, là, vient de chez Habetswallner. Le garçon-boulanger, qui nous fait la livraison à quatre heures et demie du matin, nous l'a dit.

---

10. **Von der Kunstblumenhandlung :** de **die Kunstblume (-n) :** *la fleur artificielle* et de **die Handlung :** *la boutique, le magasin*, formation que l'on retrouve également dans **die Buchhandlung :** *la librairie*. Le sens le plus courant de **die Handlung** est le suivant : *l'acte, l'action* ; **für seine Handlungen verantwortlich sein :** *être responsable de ses actes* ; c'est aussi *l'action d'un roman, d'une pièce de théâtre* ; cf. **die Handlung spielt in... :** *l'action se déroule à...*

11. **Wissen S' :** pour **wissen Sie**.

12. **Unsereiner :** ou **unsereins :** *nous autres, des gens comme nous, de notre condition.*

13. **Das Gebäck :** *les pâtisseries, les petits gâteaux, les gâteaux secs.*

14. **Um halber fünfe :** autr., ≈ alld **um halb fünf**.

15. **In der Früh :** pour **in der Frühe :** *de bonne heure, de bon matin.*

Um Himmelswillen, ich darf mich nicht verraten[1]... ich möcht' ja schreien... ich möcht' ja lachen... ich möcht' ja dem Rudolf ein Bussel[2] geben... Aber ich muß ihn noch was fragen !... Vom Schlag getroffen werden, heißt[3] noch nicht : tot sein... ich muß fragen, ob er tot ist... aber ganz ruhig, denn was geht mich der Bäckermeister an — ich muß in die Zeitung schau'n, während ich den Kellner frag'...

»Ist er tot ?«

»Na, freilich, Herr Leutnant ; auf'm Fleck[4] ist er tot geblieben.«

O, herrlich[5], herrlich ! — Am End' ist das alles, weil ich in der Kirchen[6] g'wesen bin...

»Er ist am Abend im Theater g'wesen ; auf der Stiegen[7] ist er umg'fallen — der Hausmeister hat den Krach[8] gehört... na, und dann haben s' ihn in die Wohnung getragen, und wie der Doktor gekommen ist, war's schon lang' aus.«

»Ist aber traurig. Er war doch noch in den besten Jahren.« — Das hab' ich jetzt famos gesagt — kein Mensch könnt' mir was anmerken... und ich muß mich wirklich zurückhalten[9], daß ich nicht schrei' oder aufs Billard spring'...

»Ja, Herr Leutnant, sehr traurig : war[10] ein so lieber Herr, und zwanzig Jahr' ist er schon zu uns kommen — war ein guter Freund von unserm Herrn. Und die arme Frau...«

Ich glaub', so froh bin ich in meinem ganzen Leben nicht gewesen... Tot ist er — tot ist er !

---

1. **Sich ver'raten (ie, a, ä) :** *se révéler, se trahir* ; de **verraten :** *trahir, dévoiler* ; au sens fig. : *dénoter*. Cf. également **der Verrat (¨e) :** *la trahison, la félonie, la traîtrise* ; cf. également **wegen Verrat von militärischen Geheimnissen angeklagt sein :** *être accusé d'avoir livré des secrets militaires* et, enfin, **der Hochverrat :** *la haute trahison.*
2. **Das Bussel (-) : auch das Busserl (-)**, fam., alld du Sud, autr. : *la bise, le bisou* ; cf. **busserln :** *embrasser.*
3. **Heißt :** de **heißen**, dont le sens est ici : *vouloir dire, signifier.*
4. **Auf'm Fleck :** pour **auf dem Fleck** ; fam., syn. de : **auf der Stelle** ; **der Fleck (-e) :** 1) *la tache* ; 2) *l'endroit* ; **nicht vom Flecke kommen :** *piétiner, ne pas avancer* ; **er ist am falschen Fleck energisch :** *il n'est pas énergique à bon escient.* Attention ! Ne pas confondre avec **der Flecken (-) :** *la bourgade, le bourg.*
5. **Herrlich :** *merveilleux* ; **die Herrlichkeit :** *la magnificence.*

Juste ciel ! Je ne dois pas me trahir... J'en hurlerais de joie ! Hurler ? Rire aussi ! Et poser des questions ! Et faire la bise à Rodolphe ! Mais il reste encore une question à poser !... Avoir une attaque ne signifie pas être mort... Il faut que je demande s'il est mort... Mais sans m'exciter, car en quoi le sort du boulanger peut-il bien me toucher ? Il faut que je regarde le journal pendant que je pose ma question au garçon...

— Il est mort ?

— Et comment, Monsieur le lieutenant, il est mort sur-le-champ.

Oh, c'est extraordinaire ! Extraordinaire ! Tout cela arrive peut-être parce que je suis allé à l'église...

— Il a été le soir au théâtre ; en montant les escaliers, il est tombé. Le concierge a entendu le bruit... Bon ! et puis ils l'ont monté dans son appartement, et lorsque le médecin est arrivé, tout était fini.

— C'est bien triste. Il était dans la force de l'âge.

J'ai dit cela de façon neutre. Personne n'aurait été capable de déceler quoi que ce soit. J'ai un mal fou à me retenir de crier ou de sauter sur le billard...

— Oui, Monsieur le lieutenant, c'est très triste. C'était un homme si aimable. Il venait chez nous depuis vingt ans. C'était un bon ami de notre patron. Et sa pauvre femme...

Je crois que, de ma vie, je n'ai jamais atteint un tel degré de bonheur... Mort ! Il est mort !

---

6. **In der Kirchen :** pour **in der Kirche**, le **n** ajouté au D. fém. est ici d'un emploi fam. et régional.
7. **Auf der Stiegen :** pour **auf der Stiege**, de **die Stiege (-n) :** *l'escalier* ; nous sommes ici en présence du même cas que celui signalé dans la n. précédente.
8. **Der Krach :** ici fam. pour **der Lärm :** *le bruit.* Le mot **Krach**, en style non fam., se distingue de **Lärm** en ce qu'il est un bruit plus important, à savoir *le fracas, le vacarme.*
9. **Sich 'zurückhalten (ie, a, ä) :** *se retenir, se contenir, être sur la réserve.* **Er hielt sich in der Diskussion sehr zurück :** *il se tint, tenait sur ses gardes pendant la discussion.* Cf. également **zurückhaltend :** *réservé, discret, effacé* et **die Zurückhaltung :** *la retenue, la réserve.*
10. **War :** pour **er war**.

Keiner weiß was, und nichts ist g'scheh'n[1] ! — Und das Mordsglück, daß ich in das Kaffeehaus gegangen bin... sonst hätt' ich mich ja ganz umsonst erschossen — er ist doch wie eine Fügung des Schicksals... Wo ist denn der Rudolf ? — Ah, mit dem Feuerburschen[2] red't er... — Also, tot ist er — tot ist er — ich kann's noch gar nicht glauben ! Am liebsten möcht' ich hingeh'n, um's zu seh'n. — Am End' hat ihn der Schlag getroffen aus Wut, aus verhaltenem Zorn... Ah, warum, ist mir ganz egal ! Die Hauptsach' ist : er ist tot, und ich darf leben, und alles g'hört wieder mein[3] !... Komisch, wie ich mir da immerfort die Semmel einbrock'[4], die mir der Herr Habetswallner gebacken hat ! Schmeckt mir ganz gut, Herr von Habetswallner ! Famos ! — So, jetzt möcht' ich noch ein Zigarrl rauchen...

»Rudolf ! Sie, Rudolf ! Sie, lassen S' mir den Feuerburschen dort in Ruh' !«

»Bitte, Herr Leutnant !«

»Trabucco[5]«... — Ich bin so froh, so froh !... Was mach' ich denn nur ?... Was mach ich denn nur ?... Es muß ja was gescheh'n, sonst trifft mich auch noch der Schlag vor lauter Freud' !... In einer Viertelstund' geh ich hinüber in die Kasern' und laß mich vom Johann kalt abreiben... um halb acht sind die Gewehrgriff', und um halb zehn ist Exerzieren. — Und der Steffi schreib' ich, sie muß sich für heut abend frei machen, und wenn's Graz gilt[6] ! Und nachmittag um vier... na wart', mein Lieber, wart', mein Lieber ! Ich bin grad' gut aufgelegt... Dich hau' ich zu Krenfleisch[7] !

---

1. **Und nichts ist g'scheh'n :** tournure calquée sur une expr. idiom. vienn. qui est la suivante : **Gut is' s'gangen, nix is g'scheh'n :** litt. *ça s'est bien passé, rien (de fâcheux) n'est arrivé* ; de **geschehen (a, a, ie) :** *arriver, se passer.*
2. **Der Feuerbursche (n) :** litt. *le garçon préposé au feu.*
3. **Alles g'hört wieder mein :** pour **alles ge'hört wieder mein**, soit **alles gehört wieder mir**, locution où l'adj. possessif remplace le pronom pers., attendu ici.
4. **'Einbrocken :** *tremper (du pain, par exemple), jouer un tour à qqn*, et, fam., *entraîner qqn dans une mésaventure* (soi surtout !) ; cf. **da haben wir uns was Schönes eingebrockt ! :** *nous nous sommes mis (nous voilà) dans de beaux draps !*
5. **Trabucco :** le meilleur cigare (parmi ceux de qualité moyenne) de la Régie Autrichienne des Tabacs, qui coûtait seize deniers

Personne ne sait rien et rien n'est arrivé ! Et cette veine de pendu que j'ai eue, d'entrer dans ce café... Sinon je me serais tué pour rien ! Pour rien ! Cela ressemble à un décret de la providence... Mais où est Rudolf ? Ah, il parle au marmiton... Donc, il est mort. Il est mort. Je n'arrive toujours pas à le croire ! J'aimerais bien y aller pour le voir de mes propres yeux. Peut-être que l'attaque est due à un accès de fureur, de colère rentrée... Ah, et puis, qu'importe la raison, je n'en ai rien à faire ! L'essentiel, c'est bien qu'il soit mort et que j'aie le droit de vivre. À nouveau le monde m'appartient !... C'est drôle, je continue à tremper dans le café le petit pain que Monsieur Habetswallner a fait ! Je le trouve très bon, ce pain, Monsieur de Habetswallner ! Fameux ! Bien, maintenant je fumerais bien volontiers un cigare...

— Rodolphe ! Dites donc, Rodolphe, faites-moi le plaisir de laisser ce marmiton tranquille !

— Monsieur le lieutenant désire ?

— Un cigare...

Je suis si heureux ! Si heureux ! Qu'est-ce que je vais faire maintenant ! Qu'est-ce que je vais faire ? Il faut que quelque chose se passe sinon c'est moi qui, de joie, vais avoir une attaque !... Dans un quart d'heure, j'irai à la caserne et me ferai frictionner à l'eau froide par Johann... à sept heures et demie, c'est l'inspection des fusils et à neuf heures et demie c'est l'exercice. Et je vais écrire à Steffi qu'elle se libère pour ce soir, il le faut, coûte que coûte ! Et cet après-midi à quatre heures... Attends un peu, mon cher, attends, mon cher docteur ! Je suis justement d'excellente humeur... Toi, je vais te réduire en chair à pâté.

(il était donc plus cher que le Britannika cité plus haut, cf. supra, n. 5, p. 100).

6. **Und wenn's Graz gilt ! :** expr. autr. formée à partir d'une parole « historique » de l'empereur Ferdinand II : **Und wanns Graz kost't :** *et même si cela doit nous coûter Graz*, c.-à-d. **um jeden Preis :** *à tout prix*.

7. **Krenfleisch :** cette expr. **zu Krenfleisch hauen :** *hacher menu, faire de la chair à pâté* vient de **hauen** (vb. faible, prétérit **haute**), dont l'un des sens, fam., vx, régional, est *hacher menu* ; syn. de **hacken, mit einem Beil zer'kleinern :** *hacher, couper en morceaux à la hache* ; cf. **Holz hauen :** toujours fam., vx, régional, *faire, couper du petit bois*. Le mot **Krenfleisch**, alld du Sud, surtout autr., désigne un plat qui est du porc bouilli, accompagné de raifort. De **der Kren :** *le raifort* et **das Fleisch :** *la viande*.

RÉVISIONS

Vous avez rencontré dans la nouvelle que vous venez de lire l'équivalent des expressions françaises suivantes. Vous en souvenez-vous ?

1. *Un brave type, ce Kopetsky ! Le seul sur lequel on puisse compter...* (page 15)
2. *J'aimerais bien emprunter ses jumelles au monsieur à côté de moi, mais il va m'assassiner si je trouble son recueillement...* (page 17)
3. *Certainement qu'il n'aurait jamais osé s'il n'avait pas bu avant du champagne... Un tel culot !* (page 27)
4. *J'en connais certains qui auraient laissé filer le lascar.* (page 27)
5. *Monsieur le lieutenant, vous me concéderez quand même que tous vos camarades n'ont pas choisi la carrière militaire uniquement dans le but de défendre leur patrie !* (page 29)
6. *Monsieur le lieutenant, au moindre geste de votre part, je tire le sabre de son fourreau, je le casse et j'en envoie les morceaux au commandement de la place.* (page 39)
7. *Un individu comme moi, qui, sans broncher, se laisse traiter de « Petit imbécile ! »...* (page 53)
8. *Et je ne suis pas homme à porter l'uniforme et le sabre, si une telle offense pèse sur moi !* (page 53)
9. *Est-ce qu'on a déjà vu ça, quelqu'un qui doit se tirer dans quelques heures une balle dans la tête et qui pense à des tas de choses qui ne le concernent plus du tout ?* (page 59)
10. *Un duel ne peut avoir lieu s'il y a eu suicide de l'un des adversaires...* (page 69)
11. *Faire mes adieux ? Bigre ! N'est-ce pas faire assez clairement ses adieux que de se tuer ? Cela n'échappera à personne que j'ai pris congé !* (page 79)
12. *C'est sûr qu'avec Steffi, c'est plus commode... Quand on ne s'engage qu'assez peu pour ne jouir que des choses agréables et qu'un autre endosse les désagréments, on peut difficilement exiger qu'elle se rende au cimetière...* (page 85)
13. *Qu'il ait un rendez-vous avec l'amour ou avec la mort, un véritable officier ne doit rien laisser transparaître : son visage doit rester impassible, sa démarche assurée !* (page 87)

1. Ein braver Kerl, der Kopetsky ! Der einzige, auf den man sich verlassen kann... (page 14)

2. Ich möcht' mir den Operngucker von dem Herrn neben mir ausleih'n, aber der frißt mich ja auf, wenn ich ihn in seiner Andacht stör'... (page 16)

3. Sicher hätt' er sich's nicht getraut, wenn er nicht Champagner getrunken hätt' vorher... So eine Frechheit ! (page 26)

4. Ich kenn' manche, die den Burschen hätten durchschlüpfen lassen. (page 26)

5. Herr Leutnant, Sie werden mir doch zugeben, daß nicht alle Ihre Kameraden zum Militär gegangen sind, ausschließlich um das Vaterland zu verteidigen ! (page 28)

6. Herr Leutnant, wenn Sie das geringste Aufsehen machen, so zieh' ich den Säbel aus der Scheide, zerbrech' ihn und schick' die Stück' an Ihr Regimentskommando. (page 38)

7. So ein Kerl wie ich, der dasteht und sich einen dummen Buben heißen läßt... (page 52)

8. Und ich bin nicht der Mensch, der weiter den Rock trägt und den Säbel, wenn ein solcher Schimpf auf ihm sitzt !... (page 52)

9. Ist das schon je erhört worden, daß sich einer in ein paar Stunden einen Kugel durch'n Kopf jagen muß, und er denkt an alle möglichen Sachen, die ihn gar nichts mehr angeh'en ? (page 58)

10. Duell kann nicht stattfinden wegen Selbstmord des einen Kombattanten... (page 68)

11. Abschied nehmen ? — Ja, zum Teufel hinein, das ist doch deutlich genug, wenn man sich totschießt ! — Dann merken's die andern schon, daß man Abschied genommen hat... (page 78)

12. Freilich, das mit der Steffi ist bequemer — wenn man nur gelegentlich engagiert ist und ein anderer hat die ganzen Unannehmlichkeiten, und ich hab' nur das Vergnügen... Ja, da kann man nicht verlangen, daß sie auf den Friedhof hinauskommt... (page 84)

13. Ja : ob man zu einem Rendezvous geht oder in den sichern Tod, am Gang und am G'sicht laßt sich das der richtige Offizier nicht anerkennen ! (page 86)

14. *Avant, je trouvais toujours bizarre que les condamnés à mort, à l'aube, boivent un café et fument un p'tit cigare...* (page 99)

15. *Eh oui, Gustel ! Il ne faut jamais reporter au lendemain ce que tu peux faire le jour même !...* (page 107)

16. *Ah ! Voilà des journaux... Déjà les journaux d'aujourd'hui ? Est-ce qu'on en parle déjà ! De quoi ? On dirait que je veux vérifier s'il y est question de mon suicide ! Ha ! Ha !* (page 109)

17. *Personne ne sait rien et rien n'est arrivé ! Et cette veine de pendu que j'ai eue, d'entrer dans ce café... Sinon je me serais tué pour rien ! Pour rien ! Cela ressemble à un décret de la providence...* (page 115)

18. *Et je vais écrire à Steffi qu'elle se libère pour ce soir, il le faut, coûte que coûte ! Et cet après-midi à quatre heures... Attends un peu, mon cher, attends, mon cher docteur ! Je suis justement d'excellente humeur... Toi, je vais te réduire en chair à pâté.* (page 115)

---

14. Früher ist mir immer sonderbar vorgekommen, daß die Leut', die verurteilt sind, in der Früh noch ihren Kaffee trinken und ihr Zigarrl rauchen... (page 98)

15. Ja, Gustl ! Was du heute kannst besorgen, das verschiebe nicht auf morgen !... (page 106)

16. Ah, da liegen ja die Zeitungen... schon heutige Zeitungen ?... Ob schon was drinsteht ?... Was denn ? — Mir scheint, ich will nachseh'n, ob drinsteht, daß ich mich umgebracht hab' ! Haha ! (page 108)

17. Keiner weiß was, und nichts ist g'scheh'n ! — Und das Mordsglück, daß ich in das Kaffeehaus gegangen bin... sonst hätt' ich mich umsonst erschossen — es ist doch eine Fügung des Schicksals... (page 114)

18. Und der Steffi schreib' ich, sie muß sich für heut abend frei machen, und wenn's Graz gilt ! Und nachmittag um vier... na wart, mein Lieber, wart', mein Lieber ! Ich bin grad' gut aufgelegt... Dich hau' ich zu Krenfleisch ! (page 114)

INDEX

A

B

C

D

E

F

G

L

M

N

O

P

Q

R

T

U

V

W

Z

Références de la bibliographie consultée par le traducteur annotateur

Schnitzler Kommentar, zu den erzählenden Schriften und dramatischen Werken, Reinhard Urbach Winhler, München, 1974.

Arthur Schnitzler, *Leutnant Gustl und andere Erzählungen*, Fischer Taschenbuch Verlag, 1987.

—, *Le Lieutenant Gustel, Nouvelles*, traduit de l'allemand par Dominique Auclères, Le Livre de Poche, Calmann-Lévy, 1983.

—, *Une jeunesse viennoise 1862-1889, Autobiographie*, traduit de l'allemand par Nicole et Henri Roche, préface de Roland Jaccard, Hachette, 1987.

Arthur Schnitzler, auteur dramatique, 1862-1931, Heinz Schwarzinger, Actes Sud, 1989.

Terre Etrangère, Arthur Schnitzler, un guide pour Vienne, par Nike Wagner, Nanterre-Amandiers/Beba, 1984.

Catalogue de l'exposition de Vienne 1830-1938, par Jean Claire, Editions du Centre Georges Pompidou, 1986.

Cet ouvrage a été composé par
TÉLÉ-COMPO – 61290 BIZOU

IMPRIMÉ EN FRANCE PAR BRODARD ET TAUPIN
Usine de La Flèche (Sarthe), le 5-04-1991.
1060E-5 - Dépôt légal, avril 1991.

PRESSES POCKET - 8, rue Garancière - 75006 Paris
Tél. 46.34.12.80